First Published in 1926

WINNIE

THE

POOH

WINNIE-THE-POOH

by Alan Alexander Milne(1926)

FIKA Classic Edition은
책이 가지는 본연의 가치, 그 이상을 추구하는 고전 도서 시리즈입니다.
오래전 수많은 독자들의 삶과 가치관을 변화시켰던 책을 선물처럼 만나보세요.

WINNIE - THE - POOH
BY A. A. MILNE WITH DECORATIONS BY ERNEST H. SHEPARD

FIKA

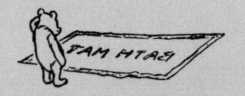

그녀에게

나란히 손을 잡은

크리스토퍼 로빈과 나는

너에게 다가가

이 책을 네 무릎에 놓을 거야.

그리고 묻겠지.

놀랐어?

맘에 드니?

네가 원하던 게 맞아?

왜냐면 이건 널 위한 책이거든.

왜냐면 우리가 널 사랑하니까.

여러분이 혹시 크리스토퍼 로빈이 나오는 다른 책을 읽어본 적 있다면 크리스토퍼 로빈에게 백조가 있었다는 사실(아니, 백조에게 크리스토퍼 로빈이 있었다고 말해야 할지도 모르겠네요)을 기억할 수도 있겠습니다. 그때 크리스토퍼 로빈은 그 백조를 푸Pooh라고 불렀습니다. 벌써 오래전 일입니다. 그러다 백조랑 작별하게 되면서 우리는 푸라는 이름을 돌려받았습니다. 이제는 백조가 그 이름을 원치 않는다고 생각했기 때문이죠.

그런데 어느 날, 에드워드 베어가 자기만의 멋진 이름을 갖고 싶다고 말했습니다. 그 말을 들은 크리스토퍼 로빈은 고민할 것도 없이 바로 위니 더 푸Winnie-the-Pooh라는 이름을 붙여주었습니다. 그렇게 에드워드 베어는 푸가 되었습니다. 자, 그럼 왜 '푸'가 되었는지는 설명했으니 이번에는 이름의 나머지 부분인 '위니'에 대해 이야기하겠습니다.

런던에서 지내다 보면 동물원을 구경할 기회가 꼭 생기게 마련

입니다. 사람들은 동물원 입구부터 시작해 동물원에 있는 모든 우리를 잽싸게 둘러본 뒤 그대로 출구로 나가곤 하죠. 하지만 진정 멋진 사람들은 가장 좋아하는 동물의 우리로 곧장 달려가 그곳에서 줄곧 시간을 보냅니다.

크리스토퍼 로빈이 그랬죠. 동물원에 가면 북극곰이 있는 우리로 갑니다. 그리고 왼쪽에서 세 번째에 있는 사육사에게 다가가 뭐라고 귓속말로 속삭이면 사육사가 문을 열어줍니다. 그러면 우리는 어두운 통로를 천천히 지나 가파른 계단을 올라가서 마침내 특별한 동물 우리에 도착합니다. 우리가 열리면 갈색 털이 부숭부숭한 무언가가 총총거리며 앞으로 나오고, 크리스토퍼 로빈이 "곰아!" 하고 행복하게 소리치면서 달려가 그 곰의 팔에 폭 안깁니다.

이 곰의 이름이 바로 위니Winnie입니다. 그러니까 곰의 이름으로 딱 좋은 이름인 건 맞겠죠? 그런데 우스운 일이지만 사실 우리는 위니 더 푸라는 이름에서 '위니'가 '푸' 다음으로 지어졌는지, '푸'가 '위니' 다음으로 지어졌는지 잘 기억하지 못합니다. 예전에는 분명 알았던 것 같은데 그새 잊어버리고 말았답니다….

여기까지 썼을 무렵, 피글렛이 나를 올려다보면서 물었습니다.

"내 이야기는요?"

"사랑스러운 피글렛, 이 책 전체가 너에 관한 이야기란다."

"푸에 관한 이야기잖아요."

아시겠죠? 지금 피글렛은 이 책의 도입부를 푸가 다 차지했다고 생각해서 질투가 났답니다.

물론 푸가 가장 사랑받는 친구라는 건 부정할 수 없습니다. 하지만 푸라면 불가능하지만 피글렛이라서 할 수 있는 일들도 많습니다. 푸는 아무도 모르게 학교에 데려갈 수가 없잖아요? 하지만 피글렛은 몸집이 작아서 주머니에 쏙 들어가죠. 2 곱하기 7이 12였는지 22였는지 헷갈리거나 할 때 주머니 속 피글렛을 쓰다듬으면 마음이 한결 편안해진답니다.

피글렛은 가끔 주머니를 빠져나와 잉크병을 유심히 관찰하기도 합니다. 이렇게 피글렛은 푸보다는 더 많은 교육을 받곤 하죠. 하지만 푸는 상관하지 않습니다. 푸의 말처럼 누구는 머리가 좋을 수도 있지만, 또 누구는 안 좋을 수도 있는 법이니까요.

아, 이제는 다른 친구들까지 전부 달려들어 묻기 시작했습니다.

"그럼 우리는요?"

아무래도 어서 서문을 마무리하고 이야기 속으로 들어가는 게 좋겠습니다.

앨런 알렉산더 밀른

──＊ 차례 ＊──

곰돌이 푸는
꿀을 정말 좋아해

에드워드 베어가 크리스토퍼의 뒤를 따라 아래층으로 내려오고 있습니다. 쿵, 쿵, 쿵, 계단에 머리를 찧으면서 말이죠. 곰은 이게 계단을 내려오는 유일한 방법이라고 생각해요. 가끔은 다른 방법이 있을지도 모른다는 생각이 들긴 한다나요. 잠시만 머리 찧기를 멈추고 잘 고민해본다면 좋을 텐데. 아무튼, 이제 곰이 아래층에 도착했습니다. 여러분에게 인사할 준비가 되었네요. 자, 소개합니다. 위니 더 푸입니다.

처음 곰의 이름을 듣고는 크리스토퍼 로빈에게 물었습니다. 아마 여러분도 이렇게 묻고 싶었을 거예요.

"저기, 곰은 남자애 아니었니?"

"그럴걸요."

"그런데 이름이 위니야?"

"위니라고 부른 적 없는데요."

"아, 네가 위니라고 하지 않았니…?"

"위니가 아니라 위니 더 푸예요. '더'가 어떤 의미인지는 아시죠?"

"아, 그렇구나. 알겠어."

나는 얼른 알겠다고 대답했습니다. 여러분도 그래야 할 거예요. 어차피 로빈에게 들을 수 있는 설명이란 그게 전부거든요.

위니 더 푸는 아래층으로 내려올 때면 어느 날은 게임을 하고 싶어 하고, 또 어느 날은 난로 앞에 조용히 앉아 이야기를 듣고 싶어 합니다. 그렇다면 오늘 저녁엔 무얼 하고 싶을까요?

"이야기 하나 들려주실래요?"

크리스토퍼 로빈이 물었어요.

"어떤 이야기?"

내가 다시 물었죠.

"위니 더 푸를 위해 재미있는 이야기를 들려주시면 좋겠어요."

"그럴까? 푸는 어떤 이야기를 좋아하니?"

"자기 이야기를 좋아해요. 푸는 그런 곰이거든요."

"아, 그렇구나."

"아주 재미있게 들려주실 수 있죠?"

"그래, 한번 해볼게."

그렇게 푸 이야기는 시작되었습니다.

아득히 먼 옛날 옛적에, 그러니까 지난주 금요일쯤이었을 거야. 위니 더 푸는 숲속의 어느 집에서 혼자 살았어. 집에는 '샌더스 씨Mr. SANDERS'라는 문패가 달려 있었지.

***

그때 크리스토퍼 로빈이 물었습니다.

"문패가 달려 있었다는 게 무슨 말이에요?"

"푸의 집 대문에 황금색 글자로 이름을 쓴 팻말이 달려 있었다는 말이야."

"위니 더 푸도 무슨 말인지 몰랐을 거예요."

크리스토퍼 로빈이 말했습니다.

"이제 나도 알아."

골이 난 목소리가 뒤이어 들려왔습니다.

"그럼 계속할게."

나는 다시 이야기를 시작했습니다.

***

어느 날, 푸는 집을 나와 숲길을 걸었어. 그러다 숲 한가운데에 있는 탁 트인 장소를 만났지. 그곳에는 커다란 떡갈나무가 한 그루 있었고, 그 나무 꼭대기에서 시끄럽게 윙윙거리는 소리가 났어.

푸는 떡갈나무 밑에 앉았어. 그리고 두 앞발로 머리를 감싸고

고민하기 시작했어. 처음에는 이렇게 혼자 중얼거렸지.

"저기서 윙윙거리는 소리가 난다는 건 뭔가가 있다는 뜻이야. 아무것도 없는데 저렇게 윙윙거리고 또 윙윙거리는 소리가 들릴 리가 있겠어? 윙윙거리는 소리가 난다는 건 누군가가 윙윙거리는 소리를 내고 있다는 뜻이야. 그리고 내가 알기로는 저렇게 윙윙거리는 소리를 내는 건 꿀벌 말고는 없어."

혼잣말을 멈춘 푸는 다시 긴 생각에 빠지더니 또 중얼거렸어.

"그리고 내가 알기로는 꿀벌이 하는 일은 꿀을 만드는 것 말고는 없지."

푸는 자리에서 벌떡 일어나 말했어.

"그리고 꿀을 만드는 건 나보고 먹으라는 말이지."

푸는 나무를 기어오르기 시작했어. 나무 위를 오르고, 오르고 또 올랐어. 그러면서 짤막한 노래를 혼자 흥얼거렸지.

참 이상하지.

곰은 어쩜 그렇게 꿀을 좋아할까?

윙! 윙! 윙!

벌은 왜 윙윙거리는 걸까?

푸는 그렇게 조금씩 높이, 조금씩 더 높이 기어올랐어. 그러는 동안 노래 하나가 더 떠올랐지.

진짜 이상한 상상인데 말이야.

곰이 꿀벌이라면

나무 밑에 둥지를 지을 텐데.

그렇게 된다면 (꿀벌이 곰이라면)

이걸 다 기어오르지 않아도 될 텐데.

푸는 슬슬 지치고 있었어. 그러니까 이렇게 투덜이 노래를 만

들어 불렀지. 이제 거의 다 올라갔어. 저기 저 나뭇가지 위에 올라
서기만 하면 되는데….

우지끈!

"도와줘!"

푸는 3미터 아래 나뭇가지 위로 떨어지면서 외쳤어.

"올라가지 말걸 그랬어!"

푸는 6미터 아래 나뭇가지 위로 튕겨 나가면서 소리 질렀어.

"그러니까 내가 하려던 건 말이지…!"

푸는 9미터 아래 나뭇가지 위로 곤두박질치면서 실수를 변명하려고 했어.

"그래, 이건 좀…!"

푸는 나뭇가지 여섯 개를 연이어 미끄러져 내려오면서 잘못을 인정하긴 했어.

"그러니까 이게 다…."

푸는 마지막 나뭇가지에 작별 인사를 하고 공중에서 빙그르르 세 번을 돌더니 사뿐히 날아 가시덤불 속에 파묻혔어.

"이게 다 내가 꿀을 너무 좋아한 탓이야. 도와줘!"

푸는 가시덤불을 기어 나오면서 코에 달라붙은 가시들을 털어

냈어. 그리고 다시 고민에 빠졌지. 푸가 가장 먼저 떠올린 사람은
크리스토퍼 로빈이었어.

***

"저요?"

크리스토퍼 로빈이 도저히 믿을 수 없다는 듯 깜짝 놀라며 물
었습니다.

"응, 너야."

크리스토퍼 로빈은 아무 말도 하지 않았습니다. 하지만 눈이
점점 커지고, 얼굴은 점점 분홍빛으로 물들었습니다.

***

그래서 푸는 크리스토퍼 로빈의 집으로 향했어. 초록색 문이
달린 크리스토퍼 로빈의 집은 숲속 또 다른 곳에 있었어.

"안녕, 크리스토퍼 로빈."

"안녕, 위니 더 푸."

푸가 인사하자 너도 인사했지.

"혹시 너한테 풍선 같은 게 있을까?"

"풍선?"

"응, 나 이렇게 혼자 중얼거리면서 왔거든. '크리스토퍼 로빈한 테 풍선 같은 게 있을까?' 풍선이 생각났는데 너한테 있으려나 궁 금해지더라고."

"풍선은 어디에 쓰려고?"

네가 물었어. 푸는 누가 엿듣지 않을까 싶어 주위를 두리번거 렸어. 그러더니 앞발을 입에 대고 아주 조용히 속삭였어.

"꿀을 따려고!"

"풍선으로 무슨 꿀을 따겠다는 거야!"

"난 할 수 있어."

마침 그 전날에 친구 피글렛의 집에서 파티가 열렸거든. 그 파티에서 가져온 풍선 두 개가 너희 집에 있었어. 원래는 네가 커다란 초록색 풍선을 하나 받았고, 래빗의 친척 꼬마가 커다란 파란색 풍선을 하나 받았어. 그런데 사실 그 꼬마는 너무 어려서 파티에 참석할 만한 나이는 아니었고, 풍선도 파티장에 두고 갔더라고. 그래서 네가 초록색 풍선과 파란색 풍선 둘 다 집으로 가져왔던 거야.

"어떤 풍선이 마음에 들어?"

네가 푸에게 물었어. 그러자 푸는 두 앞발로 머리를 감싸고 아주 신중하게 고민했어.

"그러니까 말이지."

푸가 이야기하기 시작했어.

"풍선에 매달려서 꿀을 따면 꿀벌들 몰래 가까이 다가가기 좋아. 네가 만약 초록색 풍선을 든다면 그냥 나무에 달린 잎사귀처럼 보여서 꿀벌들에게 들키지 않을 수 있어. 만약 파란색 풍선을 든다면 그냥 하늘처럼 보여서 꿀벌들에게 들키지 않을 수 있지. 그렇다면 문제는 어느 풍선이 더 그럴싸하게 보일까 하는 점이야."

"벌들이 풍선 밑에 매달린 널 눈치채지 않을까?"

네가 푸에게 물었어.

"눈치챌 수도 있고 못 챌 수도 있고…. 벌들이란 도무지 알 수가 없으니까."

대답을 마친 푸는 잠시 생각에 빠지더니 다시 말했어.

"그래, 날 조그만 먹구름인 척 꾸며야겠어. 그거라면 벌들이 속을 거야."

"그럼 파란색 풍선이 낫겠네."

그렇게 네 말대로 풍선은 파란색으로 정해졌지.

너와 푸는 파란색 풍선을 들고 밖으로 나왔어. 넌 언제나처럼 만약을 대비하려고 총도 챙겼어. 그리고 푸는 자기가 아는 진흙

탕으로 가서 구르고 또 굴러서 마침내 온몸이 까맣게 진흙투성이
가 되었지. 풍선에 크게 크게 바람을 불어넣어서 너와 푸는 둘이
같이 풍선 줄을 붙잡았어. 그러다 네가 딱 풍선 줄을 놓았어. 그랬
더니 푸는 하늘 높이 둥실 떠올랐고, 나무 꼭대기 근처 6미터 높
이에서 뚝 멈췄어.

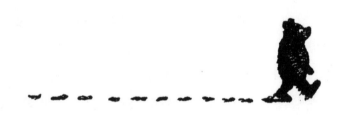

"야호!"
네가 환호성을 질렀어.
"어때, 잘 됐어?"
푸가 널 내려다보며 소리쳤어.

"나 어떻게 보여?"

"풍선에 매달린 곰처럼 보여."

네가 대답했어.

"아…."

푸가 걱정스러워하며 물었어.

"파란 하늘에 뜬 조그만 먹구름처럼 보이지 않고?"

"그다지."

"음, 그래도 어쩌면, 여기 위에서 보면 또 다를지도 몰라. 내가
그랬잖아. 벌들이란 도무지 알 수가 없거든."

푸가 나무 가까이 가려면 바람이 불어야 하는데 한 점도 불지
않았어. 그대로 둥실 떠 있었지. 거기서 푸는 꿀이 어디 있는지 보
였고 꿀 향도 쿵쿵 맡았어. 그렇지만 당최 손이 닿지 않았어.

잠시 후, 푸가 너를 불렀어.

"크리스토퍼 로빈!"

속삭이면서도 최대한 크게 낸 목소리였지.

"어어!"

"벌들이 의심하는 것 같아!"

"뭘 의심해?"

"잘 모르겠어. 그런데 아무래도 벌들이 의심한다는 느낌이 들어!"

"그러니까 네가 꿀을 따려고 한다는 걸 벌들이 알아챘다는 말이야?"

"그런 것 같아. 벌들이란 도무지 알 수가 없거든."

둘은 다시 잠잠해졌어. 그러다 잠시 후, 푸가 다시 너를 불렀어.

"크리스토퍼 로빈!"

"응?"

"집에 우산 있어?"

"아마도."

"그럼 네가 여기로 우산을 가져왔으면 좋겠어. 그리고 우산을 쓴 채로 왔다 갔다 해. 그러다가 가끔 날 올려다보면서 이렇게 말해. '쯧쯧, 비가 오려나 보네.' 그게 우리의 벌들 속이기 작전에 도움이 될 거야."

푸의 말을 들은 넌 피식 웃음이 났지.

"암튼 바보 곰이라니까!"

하지만 크게 들리도록 말하지는 않았어. 넌 푸를 많이 좋아하
니까. 그래서 결국엔 우산을 가지러 집으로 향했어.

"어, 왔구나!"

네가 나무 앞으로 돌아오니 곧바로 푸가 소리쳤어.

"슬슬 걱정하던 참이야. 벌들이 이제 확실히 의심스러워하더
라고."

"우산 들면 돼?"

"응. 아, 잠깐만. 연습부터 해야겠다. 우리가 꼭 속여야 하는 벌
은 바로 여왕벌이야. 거기서도 여왕벌이 어디 있는지 보이니?"

"아니."

"안타깝네. 그럼 우산을 쓰고 왔다 갔다 해봐. 그리고 이렇게 말해. '쯧쯧, 비가 오려나 보네.' 나도 뭐든 해볼게. 구름이 노래하는 것처럼 보이게 〈구름의 노래〉를 부른다든지. 자, 해보자!"

그렇게 넌 우산을 쓴 채로 왔다 갔다 하면서 '비가 오려나' 하고 중얼거렸고, 푸는 이런 노래를 불렀어.

구름이 되면 정말 좋아.

파란 하늘에 둥실 떠 있는 기분이란!

꼬마 구름들은 다들 언제나

큰 목소리로 노래해.

"구름이 되면 정말 좋아!

파란 하늘에 둥실 떠 있는 기분이란!"

얼마나 우쭐한 일인지 몰라.

꼬마 구름이 된다는 건.

벌들은 여전히 의심스럽다는 듯 윙윙거렸어. 그러다 정말 벌 몇 마리가 벌집을 나와서 구름 주위를 빙빙 돌았어. 그때 푸는 막 〈구름의 노래〉 2절을 시작하려던 참이었지. 그런데 갑자기 벌 한

마리가 구름의 콧잔등에 내려앉았다가 다시 떠나기도 했어.

"크리스토퍼, 아이쿠! 로빈!"

구름이 소리쳤어.

"응?"

"방금 내가 생각해봤는데 말이야. 아주 중요한 결론을 얻었어. 이 벌들은 우리가 원하던 벌들이 아니야."

"뭐라고?"

"우리가 원하던 벌들과는 완전히 다르다고. 이 벌은 우리가 원하는 꿀을 만드는 벌들이 아닌 게 분명해. 네 생각은 어때?"

"우리가 원하던 벌들이 아니라고?"

"응, 그러니 난 내려가야겠어."

"어떻게?"

푸는 그것까지는 미처 생각하지 못했어. 풍선 줄을 놓으면 아마 쿵 하고 바닥에 떨어지겠지. 하지만 그건 맘에 드는 방법이 아니었어. 그래서 오랫동안 고민에 빠졌다가 입을 열었어.

"크리스토퍼 로빈, 네가 총을 쏘아서 풍선을 맞춰야겠어. 너 지금 총 갖고 있지?"

"물론이지."

네가 대답했어.

"하지만 그럼 풍선이 망가질 텐데."

"하지만 그러지 않고 내가 풍선 줄을 놓는다면 내 몸이 망가질 거야."

푸의 말을 들은 너는 지금이 어떤 상황인지 깨달았지. 그래서 풍선을 향해 아주 신중하게 총을 겨눴어. 그리고 방아쇠를 당겼어.

"아이쿠!"

푸가 소리쳤어.

"빗나갔어?"

네가 물었어.

"완전히 빗나간 건 아닌데, 빗나가긴 했어."

"아, 미안."

너는 미안해하며 다시 방아쇠를 당겼어. 이번에는 풍선을 제대로 맞췄어. 풍선에서 바람이 피식피식 새어 나갔고, 푸는 둥실둥실 땅으로 내려왔어.

그런데 오랫동안 풍선 줄을 잡고 있었더니 그만 푸의 두 앞발이 꼼짝없이 굳어버렸어. 일주일도 넘게 두 앞발을 번쩍 든 채로 지내야 했다니까. 파리가 날아와서 푸의 콧잔등에 앉으면 입으로 바람을 푸푸 불어서 쫓아내야 했어. 아마도 말이지, 그게 푸가 푸라고 불리게 된 이유가 아닐까 싶어.

***

　"그렇게 이야기가 끝나는 거예요?"
　크리스토퍼 로빈이 물었습니다.
　"응, 이 이야기는 이렇게 끝나. 하지만 다른 이야기들이 더 있단다."
　"푸와 제가 나오는 이야기요?"
　"응, 그리고 피글렛이랑 래빗이랑 또 다른 친구들도 다 나오지. 잊어버리진 않았겠지?"
　"그럼요, 기억나요. 근데 또 기억하려고 하면 잊어버려요."
　"푸랑 피글렛이 히파럼프를 잡으려고 했던 날은 혹시 기억나니?"
　"결국엔 못 잡았죠?"

"응, 못 잡았지."

"푸는 못 잡았을 거예요. 머리가 별로 좋지 않거든요. 저는 잡았어요?"

"음, 이야기를 들어보면 다 알게 될 거야."

크리스토퍼 로빈은 고개를 끄덕였습니다.

"저 기억나요. 근데 푸는 기억이 잘 안 난대요. 그래서 이야기로 만들어 다시 들려주면 좋아할 거예요. 그냥 기억을 떠올리는 것보다 더 진짜 같거든요."

"나도 딱 그렇게 생각해."

나는 말했습니다.

크리스토퍼 로빈은 한숨을 푹 쉬더니 푸의 다리를 붙들고 문으로 향했습니다. 그러다 방문 앞에 서서 뒤를 돌아보며 말했습니다.

"저 목욕할 건데 보러 오실래요?"

"그럴까?"

"제가 총을 쏘았을 때 혹시 푸를 다치게 한 건 아니죠?"

"푸는 전혀 다치지 않았단다."

로빈은 고개를 끄덕이고 방 밖으로 나갔습니다. 그러더니 곧 푸가 쿵, 쿵, 쿵, 계단을 오르는 소리가 들려왔습니다.

래빗의 집에 갔다가
구멍에 끼어버린 푸

친구들 사이에서는 위니 더 푸, 아니면 줄여서 푸라고 불리는 에드워드 베어는 그날 숲길을 따라 걷고 있었어. 의기양양하게 콧노래를 부르면서 말이야. 그날 아침에 막 짤막한 콧노래 한 곡을 완성한 참이었거든. 아까 거울 앞에서 뚱뚱이 체조를 하면서도 그 콧노래를 연습했어. 트랄랄라— 트랄랄라— 최대한 길게 몸을 쭉 뻗으면서도 부르고, 트랄랄라— 트랄라— 아이쿠! 랄라—발가락을 쭉 뻗으면서도 부르고. 아침 식사를 마친 뒤에도 혼자 계속 흥얼거리더니 마침내 달달 외우는 데 성공했어. 이제는 막힘없이 제대로 콧노래를 부르고 있었지. 이렇게 부르는 거야.

트랄랄라— 트랄랄라—

트랄랄라— 트랄랄라—

럼 텀 티들 럼 텀—

티들— 티들—

티들— 티들—

럼 텀 텀 티들 럼ー

푸는 혼자 콧노래를 부르면서 즐겁게 숲길을 걸어가고 있었어. 다른 친구들은 지금 뭘 하고 있을까 궁금해하면서, 자기가 다른 친구로 바뀌어 살게 된다면 어떤 기분일까 상상하면서 말이야. 그러다 다다른 곳은 모래로 된 둑이었어. 그리고 둑에는 커다란 구멍이 뚫려 있었지.

"아하!"

푸가 외쳤어.

"내가 아는 게 맞다면, 저 구멍은, 즉 래빗이 있다는 뜻이야. 그리고 그건, 즉 내 친구가 여기 있다는 뜻이지. 그리고 그건, 즉 맛난 음식과 내 콧노래를 들어줄 사람이 있다는 뜻이고. 럼 텀 텀 티들 럼ー"

푸는 몸을 숙여서 구멍에 머리를 쑥 들이밀고 외쳤어.

"거기 누구 있어요?"

그러자 갑자기 구멍 안쪽에서 서로 옥신각신하는 소리가 들리더니 다시금 잠잠해졌어.

"그러니까, 거기 누구 있냐고요!"

푸는 큰 소리로 다시 외쳤어.

"없어요!"

누군가가 대답했어. 그리고 이렇게 덧붙였지.

"그렇게 소리 지를 건 없잖아요. 처음부터 아주 잘 들렸다고요."

"나 참!"

푸가 투덜댔어.

"그러니까 거기 아무도 없단 소리예요?"

"없다니까요."

푸는 구멍에서 머리를 빼고는 잠시 고민했어. 그러다 혼자 중얼거렸지.

"누가 있는 게 틀림없어. 누군가가 분명 '없다니까요' 하고 대답했잖아."

푸는 다시 구멍 속에 머리를 들이밀고 외쳤어.

"이봐, 너 혹시 래빗 아니니?"

"아니."

래빗이 대답했어. 이번에는 다른 목소리였어.

"아까 래빗 목소리 아니었나?"

"아닐걸? 그러려고 한 게 아니었는데."

래빗이 대답했어.

"아하!"

푸가 외쳤어.

푸는 구멍에서 머리를 빼고 또 고민했어. 그러다 도로 머리를 들이밀고 외쳤지.

"그럼 혹시 래빗이 어디 있는지 말해줄 수 있니?"

"래빗은 친구 푸를 만나러 갔어. 푸는 래빗이랑 제일 친한 친구고."

"어, 그게 난데!"

푸는 너무너무 놀랐어.

"나라니 무슨 소리야?"

"내가 푸라고."

"진짜야?"

래빗이 더 놀라서 소리쳤어.

"그럼, 물론이지."

푸가 대답했어.

"와! 그럼 어서 들어와."

푸는 구멍 속으로 낑낑 몸을 밀어 넣어서 간신히 래빗의 집 안까지 들어갈 수 있었어.

"정말 너였구나, 푸."

래빗이 푸를 위아래로 살펴보며 말했어.

"네 말이 맞았네. 푸가 맞았어. 반가워, 푸."

"그럼 누군 줄 알았어?"

"알 수가 없었지. 이 숲이 어떤지는 너도 잘 알잖아. 아무나 집에 들일 수 없다고. 조심해야 해. 뭐라도 좀 먹을래?"

푸는 오전 열한 시에 뭐든 조금 먹는 걸 좋아했어. 래빗이 접시와 머그컵을 들고 나오는 모습을 보니 정말 반가웠지. 그릇을 꺼내던 래빗이 말했어.

"꿀이랑 연유 중에 무얼 빵이랑 같이 먹을래?"

푸가 신나게 말했어.

"둘 다 먹을래."

그런데 너무 욕심을 부리는 것처럼 보일까 봐 이렇게 덧붙였지.

"아, 빵은 괜찮으니까 신경 쓰지 마."

오랫동안 푸는 말도 없이 조용하다가 마침내 꿀처럼 끈적해진 목소리로 콧노래를 부르며 자리에서 일어났어. 그러고는 래빗과 다정하게 악수하면서 그만 가야겠다고 말했어.

"가려고?"

래빗이 배려심 있게 물었지.

"어, 조금만 더 있다가 가도 되긴 한데…."

푸는 음식 저장고 쪽을 기웃기웃하면서 얼버무렸지.

"사실, 나도 지금 바로 나가려던 참이었어."

래빗이 말했어.

"아, 그럼 나도 나가봐야지. 안녕."

"그래, 안녕. 네가 정말 더는 안 먹을 생각이라면."

"먹을 게 더 있어?"

푸가 재빨리 물어봤어.

래빗은 음식 그릇의 뚜껑을 열어보더니 말했어.

"아니, 없네."

"응, 그럴 것 같더라."

푸는 고개를 끄덕거리며 말했어.

"음, 그럼 안녕. 나 이제 가야겠다."

　푸는 래빗의 집에서 나가는 구멍에 몸을 집어넣었어. 그러고
는 앞발에 힘을 줘서 몸을 앞으로 당기고 뒷발로 몸을 앞으로 밀
었어. 잠시 후에 코가 밖으로 나가는 데 성공했고, 다음으로는 귀,
앞발, 어깨, 그리고….

　"아, 도와줘!"

　푸가 외쳤어.

　"안 되겠어. 다시 들어가는 게 낫겠어."

　"아, 이런! 아니다. 그냥 나가야겠어."

　"둘 다 불가능해! 아, 이런! 누가 좀 도와줘!"

　그때 산책하러 나가고 싶었던 래빗은 자기 집 앞문이 막혔다는

걸 깨달았어. 그래서 뒷문으로 나가 푸에게 다가갔어.

"너, 몸이 낀 거야?"

래빗이 물었어.

"아, 아니야."

푸는 무심코 아니라고 해버렸어.

"그냥 쉬면서 생각 중이야. 콧노래도 부르면서 말이야."

"이쪽으로 발을 내밀어봐."

푸가 래빗 쪽으로 앞발을 쭉 뻗었어. 래빗은 푸의 발을 당기고, 당기고, 또 당겼는데….

"아야야! 아파!"

푸가 소리 질렀어.

"너 꽉 끼었네. 맞지?"

래빗이 푸에게 말했어.

"이게 다… 너희 집 앞문이 너무 작아서 벌어진 일이야."

심술이 난 푸가 말했어.

"이게 다 너무 많이 먹어서 벌어진 일이겠지. 그냥 말하고 싶지 않아서 그렇지, 사실 나 아까 그렇게 생각했어. 우리 중 하나가 너무 많이 먹고 있다고 말이야. 그리고 분명 그게 나는 아니야."

래빗은 단호하게 말했어.

"음, 일단 내가 가서 크리스토퍼 로빈을 데려와야겠다."

크리스토퍼 로빈은 이 숲의 반대편 끝에서 살았어. 래빗과 함께 푸가 있는 곳으로 온 크리스토퍼 로빈은 반쪽 몸만 내밀고 있는 푸를 보았어.

"암튼 바보 곰이라니까!"

크리스토퍼 로빈의 다정한 말투에 다들 안도감을 느꼈지.

"나 사실, 래빗이 다시는 앞문을 쓰지 못하게 될까 봐 걱정되던 참이었어. 그건 정말 싫거든."

푸가 코를 훌쩍대며 말했어.

"나도 정말 싫다."

래빗도 말했어.

"다시 앞문을 쓰지 못하게 될까 봐? 당연히 그럴 일은 없지."

크리스토퍼 로빈이 말했어.

"다행이네."

래빗이 말했어.

"푸, 널 밖으로 끄집어내기 힘들면 집 안으로 다시 밀어 넣을
게."

크리스토퍼 로빈이 말했어. 그러자 래빗은 콧수염을 긁적이며
잠시 고민하더니 이런 지적을 했어.

"푸를 다시 밀어 넣는다면 나는 집에서 푸를 다시 만날 테니 물
론 누구보다 기쁘겠지만, 그렇지만 사실, 누구는 나무에서 살지
만 다른 누구는 땅 밑에서 사는 거고, 또…."

"내가 너희 집 밖으로 못 나갈 것 같아서 그래?"

푸가 말했어.

"아, 그러니까 내 말은, 그만큼 빠져나왔으니까 여기서 관두기
는 아깝다는 거야."

래빗이 말하자 옆에 있던 크리스토퍼 로빈도 고개를 끄덕였지.

"그럼 방법은 한 가지밖에 없어. 푸가 홀쭉해질 때까지 기다려

야 해."

"내가 홀쭉해지려면 시간이 얼마나 걸릴까?"

푸가 걱정스러워하며 물었어.

"한 일주일이면 될 것 같아."

"하지만 난 이대로 일주일은 못 버텨!"

"바보 곰, 잘할 수 있어. 널 거기서 꺼내는 일이 보통 어려운 일이 아니라니깐."

"그동안 우리가 책 읽어줄게."

래빗은 푸에게 신난 목소리로 말하고 이렇게 덧붙였지.

"눈은 안 왔으면 좋겠다."

래빗의 말은 계속 이어졌어.

"그리고 있잖아, 친구야. 지금 네가 내 집에서 상당히 많은 자리를 차지하고 있거든? 괜찮다면 네 다리를 수건걸이로 써도 될까? 그러니까, 어차피 아무런 쓸모도 없이 거기 있을 바에야 수건걸이로 쓰면 굉장히 편할 것 같아서 말이지."

"일주일이라니!"

푸는 우울해하며 외쳤어.

"그럼 밥은?"

"안됐지만 밥은 못 먹어. 빨리 홀쭉해져야지. 그래도 우리가 책은 읽어줄게."

크리스토퍼 로빈이 말했어.

푸는 한숨을 푹 쉬었어. 자기 몸이 너무 꽉 끼어버려서 어쩔 수 없다는 걸 알았거든. 그때 푸의 눈에서 눈물 한 방울이 또르르 흘러내렸지 뭐야.

"그럼 내게 힘이 되어주는 책을 읽어줄래? 엄청나게 꽉 끼어버린 곰을 돕고 위로하는 책이 있다면 말이야."

그로부터 일주일 동안 크리스토퍼 로빈은 북쪽 방향의 푸가 원하는 종류의 책을 읽어줬고, 래빗은 남쪽 방향의 푸 다리에 빨랫감

을 넣었어. 그러는 사이에 푸는 자신이 점점 홀쭉해진다는 걸 느낄 수 있었지. 마침내 주말이 다가오자 크리스토퍼 로빈이 외쳤어.

"자, 지금이야!"

크리스토퍼 로빈이 푸의 두 앞발을 꽉 잡았고, 그 뒤로 래빗이 크리스토퍼 로빈의 허리를 꽉 붙들었어. 그 뒤로도 래빗의 친구들과 친척들이 줄줄이 붙들고 섰지. 그리고 다 같이 힘껏 푸를 잡아당겼어!

그대로 한참 동안 푸는 그저 외마디 소리밖에 낼 수 없었지.

"아야!"

"아우!"

그러다 갑자기 뻥 하는 소리가 났어! 코르크 병마개가 빠질 때 나는 바로 그 소리 말이야.

크리스토퍼 로빈과 래빗과 래빗의 친구들과 친척들이 바닥에 나동그라졌고, 그들 위로 날아든 건… 바로 위니 더 푸! 푸가 드디어 자유의 몸이 된 거야!

이제 푸는 친구들을 향해 고개를 끄덕이며 감사 인사를 했어. 그리고 의기양양하게 콧노래를 부르며 숲을 가로질러 걸어갔지. 크리스토퍼 로빈은 그런 푸의 뒷모습을 다정하게 바라보며 중얼거렸어.

"암튼 바보 곰이라니까!"

푸와 피글렛의
우즐 잡기

피글렛은 너도밤나무의 한복판에 있는 아주 멋진 집에서 살았어. 이 너도밤나무는 숲의 한복판에 있었고 피글렛은 이 멋진 집의 한복판을 차지하고 있었지.

피글렛의 집 옆에 부서진 나무 팻말이 하나 있었는데 거기에 '트레스패서스 WTRESPASSERS W'라고 쓰여 있었어('무단 침입자는 고소함TRESPASSERS WILL BE PROSECUTED'이라는 경고문의 일부로, 팻말이 부서지면서 W 뒤에 나오는 글자들이 떨어져 나갔다.—옮긴이). 크리스토퍼 로빈이 피글렛에게 그게 무슨 뜻인지 물어봤어. 피글렛은 그건 자기 할아버지의 이름이며 집안 대대로 내려온 이름이라고 설명했어. 크리스토퍼 로빈이 사람 이름일 리는 없다고 말하자 피글렛은 할아버지의 이름이 트레스패서스 W이니 사람 이름이 맞다고 대꾸했지. 그리고 트레스패서스 W는 트레스패서스 윌TRESPASSERS WILL을, 트레스패서스 윌은 트레스패서스 윌리엄TRESPASSERS WILLIAM을 줄여서 부르는 이름이라고 했어. 할아버지는 혹시 이름을 잃어버릴 수 있으니 두 개로

지으셨대. 트레스패서스는 친척의 이름에서 따왔고 나중에 윌리
엄을 붙인 거라고도 설명했지.

"하긴 나도 이름이 두 개야."

크리스토퍼 로빈이 무심코 말했어.

"그치? 거 봐."

피글렛이 말했어.

어느 맑은 겨울날, 피글렛은 집 앞에 쌓인 눈을 쓸고 있었어. 그러다 문득 고개를 들었더니 위니 더 푸의 모습이 눈에 들어왔어. 푸는 골똘히 생각에 잠긴 채로 원을 그리며 걷고 또 걷고 있었어. 피글렛이 푸의 이름을 부를 때도 여전히 걸음을 멈추지 않았지.

"안녕, 푸! 거기서 뭐해?"

"사냥."

푸가 대답했어.

"뭘 사냥하는데?"

"지금 뒤쫓는 중이야."

푸의 말투는 아주 비밀스러운 데가 있었지.

"뭘 뒤쫓는데?"

피글렛은 푸에게 다가가며 계속 물었어.

"나도 나한테 묻는 중이야. 나 뭘 뒤쫓고 있니?"

"뭐라고 대답할 생각인데?"

"따라잡을 때까지는 기다려봐야지. 자, 저기 봐봐."

푸는 자기 앞의 바닥을 가리키며 말했어.

"넌 저게 뭘로 보여?"

"발자국. 동물 발자국이네."

피글렛이 대답했어. 그러다 갑자기 흥분해서 꽥 소리를 질렀지.

"푸! 너 혹시 이게… 우즐이라고 생각하는 거야?"

"어쩌면. 맞는 것 같기도 하고, 아닌 것 같기도 하고 그래. 발자국만으로 알아보긴 힘들지."

푸는 피글렛과 몇 마디 나누고 나더니 다시 추적에 나섰어. 피글렛은 좀 더 푸를 지켜보다가 자기도 따라나섰어. 앞서가던 푸가 갑자기 걸음을 멈추더니 발자국을 가만히 들여다보며 의아해했어.

"왜 그래?"

피글렛이 물었어.

"정말 이상한데? 지금 보니까 동물 발자국이 두 쌍이야. 그러

니까 이게 무슨 동물인지는 모르겠지만 아무튼 한 마리 더 늘었
나 봐. 지금 둘이 같이 걷고 있어. 피글렛, 괜찮다면 나랑 같이 다
닐래? 저 발자국의 주인이 어쩌면 사나운 동물들일지도 모르니
까 말이야."

피글렛은 기분 좋은 듯한 얼굴로 귀를 긁적이더니, 마침 금요
일까지 할 일이 없으니 기꺼이 가겠다고 했어. 그 발자국이 진짜
우즐일지도 모르니까 말이야.

"그냥 우즐이 아니라 우즐 두 마리일지도 모르는 거야, 맞지?"

푸가 물었어. 그러자 피글렛은 아무튼 자기는 금요일까지 할 일이 없으니까 가겠다고 했어. 그래서 둘은 함께 떠나게 됐지.

바로 앞에 낙엽송들이 작은 숲을 이루고 있었어. 우즐일지도 모르는 그 의문의 동물들은 이 숲 주위를 돌고 있었어. 푸와 피글 렛도 그 발자국을 따라 이 숲을 돌기로 했지.

숲을 도는 동안 피글렛은 푸에게 할아버지 트레스패서스 W가 사냥을 마친 다음에 뻐근해진 몸을 어떻게 푸셨는지, 할아버지가 돌아가시기 전에 몇 년간 숨이 차는 증상으로 얼마나 힘드셨는지 등등 자기가 좋아하는 이야기 몇 가지를 들려줬어. 푸는 할아버 지란 어떤 분들일지 궁금해졌어. 혹시 자기가 지금 쫓고 있는 게 할아버지 두 분이라면 어떨까, 그래서 그중 한 분을 집에 데려와 서 그대로 같이 지낼 수 있다면 어떨까, 그런 상황이 되면 크리스 토퍼 로빈은 뭐라고 말할까… 이런저런 생각에 빠져들었지. 그리 고 숲속 발자국들은 여전히 이어지고 있었어.

그러다 갑자기 푸가 걸음을 멈추더니 어딘가를 가리키며 흥분 한 목소리로 외쳤어.

"저길 봐!"

"왜? 뭔데?"

화들짝 놀란 피글렛은 자기도 모르게 펄쩍 뛰었지 뭐야. 하지만 겁먹은 것처럼 보이지 않으려고 괜히 제자리에서 한두 번 더 폴짝폴짝 뛰었단다.

"저 발자국 말이야! 두 마리에서 세 마리로 늘었어!"

"푸! 그럼 우즐이 한 마리 더 나타났다는 뜻이야?"

피글렛이 소리 질렀어.

"아니, 발자국이 달라. 우즐 두 마리랑 위즐 한 마리일 수도 있고, 아니면 위즐 두 마리랑 우즐 한 마리일 수도 있고. 일단 계속 따라가보자."

푸와 피글렛은 다시 걸음을 옮겼어. 둘은 저 발자국의 주인이 혹시 사나운 동물들이면 어쩌나 싶어 살짝 불안해졌어. 피글렛은 할아버지 트레스패서스 W가 여기 계셨더라면 얼마나 좋았을까 싶었고, 푸는 이렇게 걷다가 우연히 크리스토퍼 로빈을 만난다면 얼마나 반가울까 생각하고 있었어. 푸야 사실 그냥 크리스토퍼 로빈을 워낙 좋아해서 그랬지. 그런데 갑자기 푸가 다시 걸음을 멈추더니, 침착하려고 애쓰며 혀로 콧등을 할짝거렸어. 살면서 이렇게나 두근거리고 초조해지는 순간은 없었을 거야. 발자국의 주인이 네 마리로 늘어났거든!

"피글렛, 저거 보여? 저 발자국 봐봐! 아마도 우즐 셋과 위즐 하나인 것 같아. 우즐 한 마리가 또 늘어났어!"

과연 그런 것 같았어. 여럿 나 있는 그 발자국들은 서로 엇갈리기도 하고 겹쳐지기도 했지만, 또렷하게 드러난 부분들이 곳곳에 있었지. 동물 네 쌍의 발자국이 분명했어.

"있잖아, 푸."

피글렛은 푸처럼 혀로 콧등을 핥짝거렸는데도 좀처럼 불안이 가시지 않았어.

"나 방금 기억났는데 말이야. 어제 잊어버리고 안 한 게 있지 뭐야. 내일엔 할 수 없을 것 같고. 아무래도 지금 바로 돌아가서 해야겠어."

"이따 오후에 같이 하자. 내가 같이 가줄게."

푸가 말했어.

"오후에는 못 하는 일이야."

피글렛이 재빨리 말했어.

"딱 오전에 해야 하는 일이거든. 꼭 오전에 끝내야 해. 그러니까 되도록 그… 푸, 지금 혹시 몇 시인지 알아?"

"12시쯤 되었을 거야."

푸는 해가 어디쯤 떠 있는지 살펴보더니 대답했어.

"그래, 그러니까 되도록 12시 정각에서 12시 5분 사이에 그걸 해야 해. 내 친구, 푸야. 너만 괜찮다면 나 말이야… 앗, 뭐지?"

푸가 하늘을 올려다봤어. 그 순간 다시 휘파람 소리가 들려왔어. 커다란 떡갈나무의 가지 쪽을 쳐다봤지. 바로 거기였어. 푸의 친구가 그곳에 있었어.

"크리스토퍼 로빈이다!"

푸가 소리쳤어.

"아, 잘됐다. 크리스토퍼 로빈과 함께라면 안전하니까. 그럼 난 갈게."

피글렛은 총총걸음을 치며 부지런히 집으로 향했어. 이제 위험

에서 벗어났다는 생각에 얼마나 안심했는지 몰라.

크리스토퍼 로빈은 느긋하게 나무에서 내려오더니 푸에게 말했어.

"암튼 바보 곰이라니까. 대체 지금 뭘 하는 거야? 처음에는 혼자서 숲 주위를 두 바퀴 돌더니, 피글렛이 와서는 둘이서 같이 한 바퀴 돌고, 또 방금 너 혼자서 다시 한 바퀴, 그러니까 네 바퀴째 돌았어. 그리고…."

"잠깐만."

푸가 앞발을 번쩍 올리더니 외쳤어.

푸는 발자국을 앞에 두고 앉아서 골똘히 생각했지. 아마 그 어느 때보다 진지하게 집중했던 순간일 거야. 그러다 갑자기 한 발자국에 자기 발을 슥 대보는 게 아니겠어? 그리고 코를 두 번 긁적긁적하더니 벌떡 일어났어.

"그래, 이제야 알겠다."

푸가 말했어.

"나 멍청하게 착각하고 있었어. 난 정말 머리가 나쁜 곰이야."

"넌 세상에서 가장 멋진 곰이야, 푸."

크리스토퍼 로빈이 푸를 달래듯 말했어.

"정말?"

푸가 다시 기운을 차리며 말했어. 금세 얼굴이 밝아졌지 뭐야.

"그나저나 점심시간이 다 됐네."

그렇게 푸는 점심을 먹으러 집으로 향했단다.

이야기

4

이요르가 잃어버린 꼬리는
어디로 갔을까?

나이 든 회색 당나귀 이요르는 엉겅퀴가 무성한 숲 한구석에 혼자 서 있었어. 두 앞발을 벌리고 고개를 갸우뚱한 채 서서 생각에 빠져 있었지. 혼자 '왜?'라거나, '무슨 이유로?'라거나, '그런 점에서 본다면?' 같은 생각을 했어. 또 가끔은 자기가 지금 뭘 고민하고 있는지 잘 모를 때도 있었지. 그래서 이요르는 푸가 쿵쿵거리며 다가올 때 엄청 반가웠어. 푸에게 인사를 건네다 보면 잠시나마 고민을 멈출 수 있었으니까. 이요르는 힘없는 목소리로 "안녕, 잘 지내지?"라고 인사했어.

"응, 너도 잘 지냈어?"

푸도 인사했어.

이요르는 고개를 가로저었어.

"별로. 한참을 잘 지내지 못한 것 같아."

"아이고, 저런. 안됐다. 어디 한번 보자, 이요르."

이요르는 울적한 눈빛으로 가만히 땅만 쳐다보며 서 있었어.

푸는 이요르의 주위를 한 바퀴 쭉 돌며 살펴봤지.

"어, 네 꼬리 어떻게 된 거야?"

놀란 푸가 물었어.

"내 꼬리가 어떤데?"

"꼬리가 없어!"

"정말이야?"

"음, 그러니까 꼬리가 거기에 있거나 없거나 둘 중 하나여야 하잖아? 그건 착각할 일이 없잖아? 근데 꼬리가 거기에 없어!"

"그럼 뭐가 있는데?"

"아무것도 없어."

"내가 한번 봐야겠다."

이요르는 얼마 전만 해도 꼬리가 달려 있던 그 자리를 확인하려고 느릿느릿 고개를 돌렸어. 하지만 그렇게는 볼 수 없다는 사실을 깨닫고는 반대편으로 고개를 돌려보았어. 그래도 결국 못보고 고개를 제자리로 돌려놨지. 이번에는 고개를 푹 숙인 다음두 앞다리 사이로 뒤쪽을 확인했어. 마침내 이요르는 울적하게한숨을 푹 내쉬며 말했어.

"네 말이 맞는 것 같아."

"그래, 내 말이 맞다니까."

푸가 말했어.

"이제야 다 말이 되네. 다 알겠어. 놀랍지도 않군."

이요르는 침울하게 말했어.

"분명 어디에 두고 왔을 거야."

푸가 말했어.

"분명 누가 가져갔을 거야."

이요르가 말했어.

"그들이 그렇다니까."

한참 말을 잇지 못하던 이요르가 한마디 덧붙였어.

푸는 뭐라도 이요르에게 도움이 될 말을 해주고 싶었어. 그런데 잘 생각이 나지 않았어. 그래서 다른 방법으로 이요르를 도와야겠다고 마음먹었지.

"이요르. 나, 위니 더 푸가 네 꼬리를 찾아주겠어."

푸의 말투는 제법 엄숙했어.

"고마워, 푸."

이요르가 대답했어.

"넌 내 진정한 친구야. 다른 애들과는 다르다니까."

그렇게 위니 더 푸는 이요르의 꼬리를 찾기 위해 출발했어.

푸가 길을 떠난 건 숲속에 봄이 찾아온 화창한 아침이었어. 파란 하늘에는 보송한 꼬마 구름들이 즐겁게 놀고 있었어. 마치 해를 가리려는 듯 그 앞을 알짱거리다가 다른 구름의 차례가 되면 옆으로 비켜났어. 해는 그래도 굴하지 않고 늠름하게 햇살을 비추었어.

한 해 동안 낡아버린 옷을 입고 있는 전나무의 모습이 초라해 보일 만큼 그 옆의 너도밤나무들이 어여쁜 초록색 새 이파리를 뽐내고 있었어. 그 나무들 사이로 푸는 당당하게 걸었어. 가시덤불과 야생화가 흐드러진 탁 트인 언덕을 따라, 울퉁불퉁 돌들이 놓인 냇가를 건너, 모래로 된 가파른 둑을 올라서 다시 야생화 들판에 다다랐지.

그렇게 걷다가 점점 배고프고 지쳐갈 무렵, 마침내 100에이커 숲에 도착했어. 이 숲에 온 이유는 여기에 아울이 살고 있기 때문이야.

"뭐든 잘 아는 친구를 고르라면 역시 아울이지."

푸가 혼자 중얼거렸어.

"내 말이 틀렸다면 내 이름은 위니 더 푸가 아니야. 하지만 난
위니 더 푸가 맞잖아? 그러니까 내 말이 맞지."

아울은 아주 근사하고 고풍스러운 밤나무 저택에서 살았어. 그
어느 집보다 웅장한 집이었어. 특히 푸의 눈에는 더욱 그렇게 보
였지. 문을 두드리는 문고리와 당기면 종이 울리는 종끈이 있었
거든. 문고리 아래에는 안내문이 붙어 있었어.

데답을 월나면 종을 울리새요.

종끈 아래에도 안내문이 있었어.

데답을 안 월나면 문을 두드리새요.

이 안내문을 쓴 사람은 크리스토퍼 로빈이야. 이 숲에서 제대
로 글씨를 쓸 줄 아는 사람은 크리스토퍼 로빈밖에 없거든. 물론
아울은 다양한 분야를 잘 아는 총명한 올빼미였어. 글을 읽고 쓸

줄 알았고 자기 이름의 철자도 '아우' 정도는 쓸 줄 알았지. 그런데 '홍역'이나 '버터 바른 토스트'처럼 까다로운 철자를 쓰는 데는 영 서툴렀단다.

푸는 신중하게 안내문을 들여다봤어. 우선 왼쪽에서 오른쪽으로 읽었고, 혹시 놓치는 게 없도록 오른쪽에서 왼쪽으로도 읽었어. 그러더니 빈틈없이 해야겠다 싶었는지 문고리로 문 두드리기, 문고리 당기기, 종끈 당기기, 종끈 두드리기까지 차례로 다 했단다. 거기다 큰 소리로 외치기까지 했어.

"아울! 대답해줘! 나, 푸야!"

곧 문이 덜컹 열리더니 아울이 나왔어.

"안녕, 푸. 잘 지냈어?"

"속상하고 슬펐어. 내 친구 이요르가 꼬리를 잃어버렸거든. 그래서 얼굴을 잔뜩 찌푸린 채로 지내는 중이야. 부탁인데 혹시 꼬리 찾는 방법을 알려줄 수 있니?"

"음, 그런 경우에는 통상적인 절차를 따르면 돼."

"통장적인 전차('통상적인 절차'를 잘못 알아들었다.—옮긴이)라니 그게 무슨 말이야? 난 머리가 별로 좋지 않은 곰이라서 긴 단어는 알아듣기 어려워."

"그러니까 해야 할 일이라는 뜻이야."

"그런 뜻이라면 나도 알겠다."

푸가 겸손해진 말투로 말했어.

"자, 할 일은 다음과 같아. 첫째, 포상금 거는 방식을 취한다. 그리고….

"앗, 잠깐만."

푸가 앞발을 번쩍 들더니 말했다.

"우리가 뭘 해야 한다고 했어? 네가 중간에 재채기해서 못 알아들었어."

"나 재채기한 적 없는데."(아울이 '포상금을 건다issue a reward'는 유식한 표현을 쓰자 푸가 그중 '이슈issue'를 '에취'라는 소리로 잘못 들었다.—옮긴이)

"아냐, 너 했어, 아울."

"저기, 푸. 나 안 했어. 어떻게 자기가 재채기한 줄도 모를 수가 있겠어."

"음, 재채기하는 소리를 들은 사람이 아니라면 모를 수 있지."

"난 아까 이렇게 말했어. 첫째, 포상금 거는 방식을 취한다."

"너 또 재채기했는데? '에취'라고."

푸가 안타깝다는 듯 말했어.

"포상금을 걸라고!"

아울이 소리 높여 다시 말했어.

"이요르의 꼬리를 찾아주는 사람에게 대단한 뭔가를 주겠다고 써서 붙이자는 거야."

"아아, 알았어."

푸는 고개를 끄덕거리며 대답했어.

"그럼 그 대단한 뭔가를….".

갑자기 푸가 어느새 꿈꾸는 사람처럼 계속 중얼거렸어.

"근데 나 보통은 간단한 뭔가를 먹거든. 오전 이맘때쯤이면 말이야."

푸는 거실 한쪽의 벽장을 향해 아련한 눈길을 보냈어.

"연유인가 그거 한입만 먹고 싶네⋯. 꿀도 살짝 맛볼 수 있다면⋯."

"공고문을 다 만들고 나면 숲 여기저기에 붙여야 해."

아울은 자기 할 말을 계속했어.

"꿀 조금만⋯. 안 된다면 어쩔 수 없지만."

푸는 혼자 웅얼거리더니 한숨을 푹 쉬었어. 그리고 다시 아울의 말에 어떻게든 귀를 기울이려고 애썼지.

그런데 아울의 이야기는 끝이 없었어. 더 길어진 단어들이 줄줄이 나왔고 결국엔 처음 시작했던 이야기로 되돌아왔지. 아울은 이 공고문을 쓸 사람은 크리스토퍼 로빈이어야 한다고 했어.

"우리 집 현관문에 붙은 안내문도 크리스토퍼 로빈이 쓴 거야. 아까 봤지, 푸?"

사실 아까부터 눈이 감겼던 푸는 아울이 무슨 말을 하든 '그래'와 '아니'를 차례로 반복하던 참이었어. 마침 바로 전에 '응, 그래' 하고 대답했던 터라 아울의 이번 질문에는 그만 '아니, 전혀'라고 답해버린 거야. 아울이 뭘 물어봤는지 제대로 듣지도 못했는데 말이지.

"못 봤다는 말이야?"

아울이 살짝 놀란 듯 되물었어.

"그럼 지금 가서 보자."

둘은 밖으로 나가서 문 앞에 섰어. 푸는 문고리와 그 아래의 안
내문을 봤고, 종끈과 그 아래의 안내문을 봤지. 그런데 푸는 종끈
을 보면 볼수록 뭔가 어디서 본 것 같다는 생각을 떨칠 수가 없었
어. 전에 어디선가 분명 본 것 같았어.

"종끈 멋지지?"

아울의 물음에 푸는 고개를 끄덕였어.

"이걸 보니까 뭔가 떠오르는데, 그게 뭔지 모르겠어. 너 이거 어디서 났어?"

"이거 숲에서 우연히 발견했어. 수풀에 걸려 있더라고. 처음에는 거기 누가 사는가 보다 싶어서 한번 잡아당겼지. 그런데 잠잠하더라고. 그래서 다시 요란하게 흔들어봤더니 툭 떨어져 나왔어. 아무도 찾는 이가 없길래 내가 집으로 가져왔지. 그리고….'

"아울, 네가 실수했어. 그걸 찾는 이가 있어."

푸가 단호하게 말했어.

"누구?"

"이요르. 내 친구 이요르 말이야. 이요르가 얼마나 좋아하는 건데, 그게."

"좋아하는 거라고?"

"소중히 달고 있었지."

푸가 슬픈 목소리로 말했어.

아울과 푸의 대화가 끝나고 푸는 종끈, 그러니까 이요르의 꼬리를 이요르에게 가져다줬어. 그리고 크리스토퍼 로빈이 와서 꼬리를 원래 있던 자리에 잘 달아주었지. 이요르는 신이 나서 꼬리

를 흔들며 숲속을 뛰어다녔어.

그런데 푸는 금방이라도 쓰러질 것 같아서 얼른 집으로 향했어. 뭐라도 간단히 먹고 기운을 차려야 했지. 그리고 30분 후, 푸는 입가를 쓱쓱 닦으며 자랑스럽다는 듯 노래를 부르기 시작했어.

누가 꼬리를 찾았지?

나!

2시 15분 전에(진짜로는 11시 15분 전이었지만)

내가 꼬리를 찾았지!

히파럼프를 잡으려고
함정을 파다

어느 날, 크리스토퍼 로빈과 푸, 피글렛이 함께 모여서 이야기를 나누고 있었어. 그때 한입 가득 먹고 있던 음식을 다 삼키고 난 크리스토퍼 로빈이 별생각 없이 한마디 툭 던졌어.

"피글렛, 오늘 나 히파럼프 봤다."

"히파럼프가 뭘 하고 있었는데?"

피글렛이 물었어.

"그냥 뒤뚱뒤뚱 걸어가고 있던데? 히파럼프는 날 못 본 것 같아."

크리스토퍼 로빈이 말했어.

"나도 히파럼프 본 적 있어."

피글렛이 말했어.

"최소한 한 번은 본 적 있는 것 같아. 어쩌면 아닐 수도 있지만."

"나도 본 적 있어."

푸가 말했어. 속으로는 히파럼프가 어떻게 생겼을지 궁금해하면서 말이지.

"자주 보긴 힘들지."

크리스토퍼 로빈은 또 별생각 없이 말했어.

"요즘은 그렇지."

피글렛이 받아쳤어.

"그래, 이맘때는 보기 힘들지."

히파럼프 이야기는 거기서 끝내고 셋은 또 이런저런 이야기를
나누며 시간을 보냈어. 어느덧 푸와 피글렛이 집으로 가야 할 시
간이 되었어.

푸와 피글렛은 100에이커 숲 둘레에 난 오솔길을 따라 터벅터벅 걸었어. 이때는 둘 다 별로 말이 없었어. 그러다 시냇물을 만난 둘은 서로서로 도와주며 징검다리를 건넜어. 그리고 야생화가 피어 있는 곳을 지나갈 때쯤엔 둘이 다시 나란히 걷게 되었고, 그때부터 둘은 도란도란 이야기를 나누기 시작했어. 피글렛이 말했지.

"푸, 내가 뭘 말하려는지 네가 안다면 말이지…."

"피글렛, 내가 생각하는 바로 그거잖아."

"그런데 말이야, 푸. 우리 까먹으면 안 되는 게 있어."

"그럼, 물론이지, 피글렛. 내가 잠시 까먹긴 했지만…."

마침내 둘이 소나무 여섯 그루가 있는 곳에 도착했을 때, 푸는 주위에 누가 듣는 사람은 없는지 살핀 뒤, 아주 엄숙하게 말했어.

"피글렛, 나 결심했어."

"뭘 결심했다는 거야, 푸?"

"히파럼프를 잡으러 갈 거야."

푸는 이 말을 하면서 몇 번씩이나 고개를 끄덕끄덕했어. 그러고는 피글렛이 "어떻게 잡으려고?"라든지 "푸, 너 못 해!"라든지 뭔가 적당한 말을 해주길 기다렸지. 그런데 피글렛은 아무 말이 없었어. 사실 그때 피글렛은 자기가 푸보다 먼저 이 말을 생각해 냈다면 좋았을 텐데 하고 생각하던 중이었거든.

푸는 잠시 기다리다가 다시 말을 이어갔어.

"함정을 파서 잡기로 했어. 기발한 함정을 만들어야 해. 피글렛, 네가 도와줄 수 있니?"

"도와줄게, 푸."

피글렛은 다시 기분이 좋아졌어.

"그럼 이제 어떻게 하면 돼?"

피글렛이 묻자 푸가 대답했어.

"그게 문제야. 어떻게 하면 될까?"

둘은 나란히 앉아서 골똘히 생각하기 시작했어.

푸가 첫 번째로 낸 아이디어는 엄청 깊은 구덩이를 파는 거였어. 히파럼프가 지나가다가 구덩이에 쑥 빠지는 거지. 그리고….

"왜?"

피글렛이 물었어.

"왜라니 뭐가?"

푸가 대답했어.

"히파럼프가 왜 떨어지는데?"

푸는 앞발로 코를 슥슥 비비더니 말했어. 그러니까 히파럼프가 콧노래를 흥얼거리며 걷다가 혹시 비가 오려나 궁금해하며 하늘을 올려다보는 바람에 엄청 깊은 구덩이를 미처 못 보고 빠져버린

다는 설명이었어. 반쯤 떨어졌을 때에야 깨닫겠지만 이미 늦었지.

피글렛은 아주 좋은 함정이라고 생각하지만, 혹시 이미 비가 오고 있던 참이라면 어떻게 하냐고 물었어.

푸는 다시 코를 슥슥 비비더니 말했어. 그것까진 생각하지 못했다고. 그러다가 다시 얼굴이 환해지더니 말했어. 이미 비가 오고 있다면 히파럼프가 언제쯤 하늘이 맑아지려나 궁금해하면서 하늘을 올려다볼 수도 있지 않겠냐는 거야. 그러다 엄청 깊은 구덩이를 미처 못 보고 빠져버리는 거지. 그리고 반쯤 떨어졌을 때에야 깨닫겠지만… 이미 늦었지.

피글렛은 그제야 다 말이 된다며, 구덩이가 좋은 함정이 될 것 같다고 말했어.

푸는 피글렛의 말을 듣고 아주 의기양양해졌어. 벌써 히파럼프를 잡은 것처럼 기분이 좋았지. 하지만 고민해야 할 문제가 하나 더 남아 있었어. 엄청 깊은 구덩이를 대체 어디에 파지?

피글렛은 히파럼프가 있는 곳 근처가 좋을 것 같다고 말했어. 히파럼프 앞쪽으로 1미터쯤 되는 위치에 파두면 굴러떨어지지 않겠냐는 거지.

"하지만 그러다 우리가 구덩이 파는 모습을 히파럼프가 보면 어떡해?"

푸가 말했어.

"히파럼프가 하늘을 보고 있으면 되지."

"혹시라도 바닥을 내려다본다면 수상하다고 여길 거야."

푸는 한동안 생각에 잠기더니 침울해진 목소리로 다시 말했어.

"생각보다 쉽지 않네. 그래서 히파럼프가 도통 잡히지 못하는구나."

"맞아, 그런가 봐."

푸와 피글렛은 한숨을 푹 쉬고 몸을 일으켰어. 그리고 몸에 붙은 가시를 떼어내고는 다시 자리에 앉았어. 푸가 계속 혼자 중얼거렸어.

"좋은 생각이 떠오르면 좋으련만!"

푸는 아주 똑똑한 머리를 써서 딱 알맞은 방법만 생각해낸다면 충분히 히파럼프를 잡을 수 있다고 믿었지.

"피글렛, 만약 네가 날 잡아야 한다면 어떤 방법을 쓰겠어?"

푸가 피글렛에게 물었어.

"음, 나라면 이렇게 할 거야. 함정을 파서 그 안에 꿀단지를 넣어둘 거야. 그러면 네가 꿀 냄새를 킁킁 맡고 그걸 찾으려고 함정 안으로 들어가겠지? 그러면…."

갑자기 푸가 끼어들어 신나게 떠들었어.

"그러면 난 다치지 않도록 조심 또 조심하면서 안으로 들어갈 거야! 그리고 꿀단지 가까이 다가가서 일단은 단지 가장자리를 살짝 핥아볼 거야. 거기에 묻은 꿀이 전부인 것처럼 애써 생각하면서 말이지. 그러고는 꿀단지를 두고 물러선 다음 잠시 고민하겠지. 그리고 다시 꿀단지 앞으로 가서 단지 안의 꿀을 핥기 시작하고, 그러다…."

"그래그래. 암튼 네가 거기 있으면 내가 잡겠지? 그럼 이제 그것부터 알아내야 해. 히파럼프가 뭘 좋아하는지! 내 생각에는 도토리일 것 같아, 안 그래? 도토리를 잔뜩 구해서…. 푸! 정신 차려!"

여태 행복한 꿈에 빠져 있던 푸가 화들짝 놀라서 깼어. 그러더니 함정에 놓으려면 도토리보다는 꿀이 훨씬 낫다고 했어. 둘의 의견이 서로 맞지 않아서 옥신각신하려던 참이었는데, 피글렛의 머리에 퍼뜩 떠오르는 게 있었어. 만약 함정에 도토리를 놓기로 한다면 피글렛이 도토리를 찾으러 다녀야 할 거야. 하지만 꿀을 놓기로 한다면 푸가 자기 꿀을 내놔야 할 거고. 피글렛은 말했어.

"좋아, 그럼 꿀로 하자."

그런데 그 순간에 푸의 머릿속에도 같은 생각이 떠올랐지 뭐야. 그래서 푸도 "그래, 도토리로 하자"라고 말하려던 참이었지.

"꿀을 구해야겠네."

피글렛은 혼자 골똘히 궁리하며 중얼거렸어. 이미 답은 꿀로 결정되었다는 듯 말이지.

"내가 구덩이를 팔게. 그동안 너는 꿀을 구해 와."

"그래, 뭐, 알았어."

푸는 투덜대며 터벅터벅 집으로 걸어갔어.

집에 도착한 푸는 곧장 찬장으로 향했어. 거기에 의자를 놓고 올라서서 꼭대기 칸에 있는 큼직한 꿀단지를 꺼냈어. 단지에는 '꿀'이라고 쓰여 있었어. 푸는 꿀이 맞는지 확인하기 위해 종이

덮개를 벗기고 안쪽을 들여다봤어. 딱 봐도 꿀이었지.

"그래도 그냥 봐서는 알 수 없어. 예전에 우리 삼촌이 꿀이랑 똑같은 색깔의 치즈를 본 적 있다고 하셨거든."

푸는 혓바닥을 쑥 내밀어 단지 안의 꿀을 한 번 크게 핥았어.

"음, 꿀 맞네. 확실해. 그런데 단지 맨 밑까지 다 꿀이 맞겠지? 혹시 누가 장난치느라 밑에 치즈를 넣었으면 어떡해. 아무래도 좀 더 먹어보는 게 좋겠어…. 혹시 모르니까…. 히파럼프가 치즈를 싫어할 수도 있잖아…. 나처럼 말이야…. 아!"

푸는 한숨을 휴 쉬며 말했어.

"역시 맞았어. 맨 밑까지 다 꿀이야."

푸는 다 확인한 꿀단지를 들고 피글렛에게 갔어. 엄청 깊은 구덩이를 파서 그 안에 들어가 있던 피글렛이 푸를 올려다보며 물었어.

"가져왔어?"

"응, 그런데 꿀이 가득 차 있는 단지는 아니야."

푸는 이렇게 대답하고는 피글렛에게 꿀단지를 던져주었어.

"안 돼! 남은 꿀이 이것밖에 없어?"

"응."

그게 사실이긴 했어. 피글렛은 할 수 없이 그 꿀단지를 구덩이 바닥에 놓았어. 그리고 구덩이 밖으로 기어올라왔지. 준비를 마친 푸와 피글렛은 함께 집으로 향했어.

"그럼 잘 자, 푸."

둘은 푸의 집 앞에 도착했어. 피글렛은 푸에게 인사를 하며 말했어.

"내일 아침 여섯 시에 소나무 숲에서 만나. 우리가 만든 함정에 히파럼프가 몇 마리나 빠져 있는지 확인하자."

"그래, 여섯 시에 만나. 그런데 너 끈 있어?"

"아니, 끈은 뭐하게?"

"히파럼프들을 집으로 데려올 때 써야지."

"아! 난 휘파람을 불면 히파럼프들이 따라올 줄 알았어."

"몇 마리는 그럴 거고 또 몇 마리는 안 그럴 거야. 히파럼프는 도통 알 수가 없으니, 뭐. 그럼 안녕. 잘 자!"

"너도 잘 자!"

피글렛은 트레스패서스 W 팻말이 달린 자기 집으로 총총 걸어갔어. 이미 집에 들어간 푸는 잠자리에 들 준비를 했고.

몇 시간이 흐르고 이제 막 밤이 슬그머니 물러나려고 할 즈음이었어. 자고 있던 푸가 갑자기 잠에서 깼어. 그런데 몸이 착 가라

앉는 듯한 기분이 들었지. 분명 예전에 느껴본 적 있는 기분이었어. 이게 무슨 뜻인지 잘 알고 있었지. 바로 배가 고프다는 뜻이었어…!

푸는 찬장으로 향했어. 의자를 놓고 올라서서 꼭대기 칸으로 손을 뻗었지. 그런데 그곳에는 아무것도 없었어.

"이상하네."

푸는 중얼거렸어.

"분명 이 자리에 꿀단지를 두었는데. 꿀이 가득 차 있는 단지 말이야. 단지 위에 '꿀'이라고도 써놨고. 그래야 내가 꿀이란 걸 확실히 알 수 있으니까. 어떻게 된 일이지? 이상하네."

푸는 꿀단지가 대체 어디 갔을까 의아해하며 찬장 위아래를 훑어보았어. 그러면서 혼자서 계속 이렇게 중얼거렸지.

정말정말 이상하지?

분명 꿀이 있었거든.

이름표도 붙여놨거든.

'꿀'이라고 써놨단 말이야.

꿀이 그득그득 차 있는 단지였거든.

대체 어디 있는지 모르겠어.

아니, 대체 어디로 사라졌는지 모르겠어.

참 이상한 일이야.

푸는 마치 노래라도 부르듯 세 번을 똑같이 중얼거렸어. 그러다 퍼뜩 생각났어. 히파럼프를 잡기 위해 만든 함정에 자기가 직접 그 꿀단지를 갖다 놓았다는 사실이.

"이럴 수가! 이게 다 히파럼프에게 좋은 일 해주려다 생긴 일이잖아?"

푸는 투덜거리며 다시 침대 속으로 들어갔어.

하지만 푸는 잠들지 못했어. 자려고 애쓸수록 더 잠이 오지 않았지. 푸는 양을 세어보기로 했어. 가끔 잠들고 싶을 때 해보면 효과가 있었거든. 하지만 이번엔 소용없었어. 그럼 다음으로 히파럼프를 세어보기로 했어. 하지만 더 별로였어. 푸가 히파럼프를 하나씩 셀 때마다 다들 곧장 푸의 꿀단지로 달려들어 전부 먹어치웠거든.

푸는 그렇게 몇 분간 우울하게 누워 있었어. 그런데 오백팔십칠 번째 히파럼프가 나타나 입가를 핥으면서 혼자 "정말 맛있는 꿀이었어. 이 꿀보다 맛있는 건 먹어본 기억이 없어."라고 중얼거리는 순간, 푸는 참을 수가 없었어. 당장 침대에서 뛰쳐나와 집 밖

으로 달려 나갔어. 그리고 여섯 그루의 소나무가 있는 곳으로 곧
장 향했어.

해는 아직 침대 안이었어. 하지만 100에이커 숲 위로 펼쳐진
하늘에 어슴푸레한 빛이 깔린 걸 보니 이제 막 해가 잠에서 깨어
나 이불을 걷어차려는 참이었나 봐. 햇빛이 희미하게 비치는 소

나무 숲은 춥고 쓸쓸해 보였어. 엄청 깊은 구덩이는 원래보다 깊어 보였고, 구덩이 안에 놓인 푸의 꿀단지는 형체만 보여서 그런지 어딘가 수상쩍어 보였지. 하지만 푸가 꿀단지에 가까이 갈수록 푸의 코가 말해줬어. 저건 진짜 꿀이 맞다고. 그리고 푸의 혀는 입가에 윤을 내며 꿀을 맞이할 준비를 했지.

"이럴 수가!"

푸는 꿀단지에 코를 박고 소리쳤어.

"히파럼프가 꿀을 다 먹어치웠어!"

그러다 잠시 생각하더니 다시 말했어.

"아, 맞다. 내가 먹었지. 깜빡 잊었네."

푸는 사실 자기가 단지 안의 꿀을 다 먹어버렸던 게 기억났어.
그래도 단지 바닥에 아주 약간의 꿀이 남아 있긴 했어. 푸는 단지
안에 머리통을 밀어 넣고 바닥을 핥기 시작했지….

얼마 뒤 피글렛도 잠에서 깼어. 눈 뜨자마자 외쳤지.

"아…!"

그러다 다시 용감하게 외쳤어.

"그래, 좋아."

그러고는 좀 더 용기를 냈지.

"그럼 할 수 있고 말고!"

하지만 사실 그렇게 용감해지는 기분은 아니었어. 피글렛의 머릿속은 온통 히파럼프에 대한 생각으로 복잡했거든.

히파럼프는 어떻게 생겼을까?

사납지 않을까?

휘파람을 불면 다가오려나? 어떻게 다가오려나?

돼지를 좋아하긴 하려나?

혹시 돼지를 좋아하는 편이라면 어떤 종류의 돼지든 그건 상관

없을까?

돼지에게 사납게 구는 편이라면 트레스패서스 윌리엄을 할아 버지로 둔 돼지한테는 좀 다를까?

피글렛은 머릿속에 떠오르는 어느 질문에도 답할 수 없었어. 그리고 이제 한 시간만 지나면 태어나서 처음으로 히파럼프를 만 나게 돼!

물론 푸가 함께할 거고, 또 둘이 같이 간다면 훨씬 친근하게 다 가오겠지? 그런데 혹시 히파럼프들이 돼지와 곰에게 사납게 구 는 편이라면 어쩌지? 그냥 머리가 아픈 척하고 소나무 숲에 못 가 겠다고 하는 게 나으려나? 그런데 혹시 날씨도 정말 좋고 구덩이 에 잡힌 히파럼프도 없다면? 그럼 오전 내내 침대에서 시간만 낭 비한 셈이 되잖아. 어떻게 해야 하지?

그때 피글렛에게 '기발한 아이디어'가 떠올랐어. 일단 아무도 모르게 조용히 소나무 숲으로 가서 조심조심 함정 안을 살펴. 히 파럼프가 걸려들었나 확인하는 거지. 만약에 히파럼프가 있으면 다시 침대로 돌아가고, 없으면 안 돌아가고.

피글렛은 집을 나섰어. 처음엔 함정 안에 히파럼프가 없을 것 같다고 생각하며 걸었지. 그러다 어쩌면 있을지도 모른다고 생각 했고, 함정에 점점 가까워질수록 분명 히파럼프가 있다고 확신했

어. 히파럼프한테서 나는 소리가 피글렛의 귀에 들려왔거든.

"오, 이런, 이런, 이런!"

피글렛이 중얼거렸어. 얼른 도망가고 싶었지. 그런데 한편으로는 막상 가까워지니까 히파럼프가 어떻게 생겼는지 보기는 해야 할 것 같았어. 그래서 함정 옆으로 슬금슬금 기어가서 안을 들여다봤어….

한편, 아까부터 위니 더 푸는 머리에 낀 꿀단지를 빼내려고 안간힘을 쓰고 있었어. 고개를 막 흔들어봤지만 그럴수록 단지는 더 꽉 끼어 움직이지 않았어.

"이럴 수가!"

단지 속에서 푸의 외침이 흘러나왔지. "도와줘!"라고도 외쳤지만 푸가 내는 소리 대부분은 "아야!"였어. 푸는 여기저기 부딪쳐 보기도 했어. 하지만 어디에다 부딪치고 있는지 알 수 없으니 별 도움이 되지 않았어.

함정 밖으로 기어 나가보려고도 했어. 하지만 단지에 시야가 막혀 보이는 게 없으니 어디로 가야 할지 길을 찾지도 못했지. 그래서 결국에는 머리를 들고, 그러니까 단지에 낀 머리를 들고 고래고래 소리를 질렀어. '절망에 빠져 슬퍼하는' 외침이었어…. 그

런데 마침 그 순간에, 피글렛이 함정을 들여다본 거야.

"도와줘! 히파럼프! 무시무시한 히파럼프야!"

피글렛은 냅다 줄달음치며 꽥꽥 소리를 질러댔어.

"도와줘! 무, 무시무시해! 무시무시한 히프, 히파! 힐라럼프야!
무시럼프한 헬프름파야!"

피글렛이 고래고래 소리를 질러가며 허둥지둥 달려서 도착한
곳은 크리스토퍼 로빈의 집이었어.

"대체 무슨 일이야, 피글렛?"

자다 깬 크리스토퍼 로빈이 자리에서 일어나며 물었어.

"히파, 헉헉… 히파럼프, 헉헉… 히파럼프가 나타났어."

피글렛은 너무 숨이 차서 제대로 말을 잇지도 못했어.

"어디에?"

"저, 저기!"

피글렛이 앞발을 휘휘 내저으며 말했어.

"어떻게 생겼는데?"

"그, 그러니까 이제껏 본 적 없는 커다란 머리가 달렸어, 크리
스토퍼 로빈. 엄청나게 커. 그런 건 본 적이 없어. 무지하게 커. 그
러니까, 아, 모르겠다…. 그렇게 엄청나게 커다란 건 처음 봐. 무
슨 단지처럼 생겼어."

"음, 내가 한번 가서 봐야겠다. 어서 가보자."

크리스토퍼 로빈이 신발을 챙겨 신으며 말했어.

피글렛은 크리스토퍼 로빈과 함께라면 무섭지 않았어. 그렇게 둘은 함께 함정 쪽으로 향했지.

"들리는 것 같아. 너도 들려?"

함정에 가까워지자 피글렛이 불안해하며 물었어.

"나도 들려."

크리스토퍼 로빈이 대답했어.

그건 푸가 아까 발견한 나무뿌리에 대고 머리를 부딪치고 있는 소리였어.

"저기다!"

피글렛이 외쳤어.

"너무 끔찍하지 않아?"

피글렛이 크리스토퍼 로빈의 손을 꼭 잡으며 말했어.

그런데 갑자기 크리스토퍼 로빈이 웃음을 터뜨렸어. 깔깔대며 웃고 또 웃었지. 웃음이 멈추질 않았어. 그렇게 크리스토퍼 로빈이 웃던 그때였어. 히파럼프의 머리가 나무뿌리에 퍽 부딪치는 소리가 나더니 단지가 퍽 깨져버렸지 뭐야. 그리고 드디어 푸의 머리가 다시 세상 밖으로 나왔단다.

그제야 피글렛은 자기가 얼마나 바보 같았는지 깨달았어. 너무 부끄러워진 피글렛은 얼른 자기 집으로 달려가서는 침대 속으로 들어갔어. 이번엔 정말로 머리가 아팠지 뭐야.

크리스토퍼 로빈과 푸는 함께 집으로 가서 아침 식사를 했어. 크리스토퍼 로빈이 말했어.

"아이고, 푸! 내가 널 얼마나 사랑하는지 몰라!"

"나도."

푸가 대답했어.

이요르가 받은
두 개의 생일 선물

나이 든 회색 당나귀 이요르가 시냇가에 서서 물에 비친 자기 모습을 보며 중얼거렸어.

"처량하기도 하지. 그래, 맞아. 참 처량해 보여."

이요르는 돌아서서 천천히 시냇가를 따라 20미터쯤 걷다가 시냇물을 첨벙첨벙 건너갔어. 그리고 다시 천천히 시냇가를 걸어서 아까 그 시냇가의 반대편에 섰지. 그러더니 다시 물에 비친 자기 모습을 봤어.

"역시 이쪽에서 비추어봐도 더 나을 게 없네. 뭐, 아무도 신경 안 쓰겠지만. 다들 관심도 없겠지. 처량하기도 해라. 그래, 맞아."

그때 이요르의 뒤편에 있던 고사리 덤불에서 부스럭거리는 소리가 나더니 푸가 나타났어.

"좋은 아침이야, 이요르."

"그래, 좋은 아침이야, 푸."

푸에게 인사하는 이요르의 목소리는 침울했지.

"좋은 아침이 맞나 의심스럽긴 하지만 말이야."

"왜, 무슨 일 있어?"

"아니야, 푸. 아무 일도 없어. 모든 걸 다 할 순 없지. 누군 그렇게 하는 것도 아니고. 그냥 그게 다야."

"할 수 없다니 뭘?"

푸가 코를 비비며 물었어.

"흥겨운 시간을 보내는 거. 노래하고 춤추고, 뽕나무 숲 주위를 빙글빙글 돌면서 말이지."(영국의 전래동요 〈Here we go round the mulberry bush〉에서 따온 말이다.─옮긴이)

"아!"

푸가 외쳤어. 그러고는 곰곰이 생각하다가 다시 물어봤어.

"그게 무슨 뽕나무 숲인데?"

"본 오미Bon hommy."

이요르가 여전히 침울한 목소리로 말했어.

"프랑스 말로 순박한 친구라는 뜻인데, 너한테 뭐라 하는 건 아냐. 그냥 그렇다고."

푸는 바위에 앉았어. 그리고 어떻게든 생각해보려고 애썼어. 이요르의 말이 아무래도 수수께끼처럼 들리기만 했거든. 머리가 별로 좋지 못한 푸는 수수께끼에 완전히 젬병이었는데 말이야. 고민하던 푸는 그냥 〈코틀스톤 파이〉나 부르기로 했어.

코틀스톤, 코틀스톤, 코틀스톤 파이.

파리는 새처럼 날지 못해. 하지만 새는 파리처럼 날지.

나한테 수수께끼를 내봐. 나의 대답은

"코틀스톤, 코틀스톤, 코틀스톤 파이."

이게 노래의 1절이었어. 푸의 1절 노래가 끝났을 때 이요르는 미처 자기는 그 노래를 좋아하지 않는다고 말하지 못했어. 그래서 푸는 친절하게도 2절까지 부르기 시작했지.

코틀스톤, 코틀스톤, 코틀스톤 파이.

물고기는 휘파람을 불지 못해. 그건 나도 마찬가지고.

나한테 수수께끼를 내봐. 나의 대답은

"코틀스톤, 코틀스톤, 코틀스톤 파이."

2절이 끝났을 때도 이요르는 아무 말도 하지 않았어. 그래서 푸
는 혼자 조용히 3절까지 흥얼거렸지.

코틀스톤, 코틀스톤, 코틀스톤 파이.

닭은 왜 그럴까. 그건 나도 모르겠어.

나한테 수수께끼를 내봐. 나의 대답은

"코틀스톤, 코틀스톤, 코틀스톤 파이."

"맞아."

이요르가 말했어.

"노래하는 거야. 쿵작쿵작 쿵쿵작. 다 같이 나무 열매와 산사나무 꽃을 따러 간다네. 그렇게 즐기면 돼."(영국의 전래동요 '〈Here we go gathering nuts in May〉(다 같이 5월의 열매를 따러 간다네)'를 'Here we go gathering nuts and may(다 같이 열매와 산사나무 꽃을 따러 간다네)'라고 틀리게 불렀다. 그런데 원래 'Here we go gathering knots of may(다 같이 산사나무 꽃을 따러 간다)'라는 가사였는데, 전해 내려오는 과정에서 변형되었다는 설이 있어서 이요르의 말이 완전히 틀린 건 아니다.—옮긴이)

"응, 즐기고 있어."

푸가 말했어.

"그래, 누군가는 그렇게 즐길 수 있겠지."

"왜 그래? 무슨 일 있어?"

"무슨 일이 있다고 했나?"

"네가 슬퍼하는 것 같아서, 이요르."

"슬퍼하는 것 같다고? 내가 왜 슬퍼? 오늘은 내 생일이야. 생일은 일 년 중에 가장 행복한 날이잖아."

"너 오늘 생일이야?"

푸가 깜짝 놀라서 물었어.

"그렇다니까. 저기 안 보여? 내가 받은 생일 선물들을 보라고."

이요르는 앞발을 휘휘 내저으며 말했어.

"저 생일 케이크도 봐봐. 초가 꽂혀 있고 분홍색 설탕으로 꾸며진 케이크."

푸는 이리저리 두리번거렸어. 왼쪽도 보고 오른쪽도 봤지.

"선물이라고?"

푸가 물었어.

"생일 케이크라고?"

푸가 또 물었어.

"어디?"

"안 보여?"

"안 보여."

"나도 안 보여. 농담이었어. 하하!"

이요르의 말을 들은 푸는 머리를 긁적거렸어. 이 모든 상황이 좀 당황스러웠지.

"그래도 오늘이 네 생일인 건 진짜지?"

"응."

"아하! 이요르, 생일 축하해. 좋은 일 가득하길."

"너도 축하해. 좋은 일 가득하길, 푸."

"오늘은 내 생일이 아니야."

"그렇지. 내 생일이지."

"그런데 왜 나한테 그렇게 인사하나 싶어서….'

"음, 왜 안 돼? 내 생일에 네가 불행하고 싶은 건 아니겠지?"

"아, 그런 뜻으로 말했구나."

"내가 불행한 것만으로도 충분해."

이요르는 금방이라도 울 듯이 말했어.

"선물도 케이크도 생일 초도 없이, 아무도 나한테 관심을 기울여주지 않은 채…. 혹시 다른 사람들도 나처럼 불행해진다면…."

푸는 더는 견딜 수가 없었어.

"거기 있어 봐, 이요르!"

푸는 이요르를 뒤로하고 얼른 서둘러 집으로 향했어. 불쌍한 이요르를 위해 무슨 선물이든 빨리 준비해야 할 것만 같았거든. 무슨 선물이 좋을지는 언제든지 생각해내면 되니까 일단 출발했지.

푸의 집 앞에 피글렛이 있었어. 깡충깡충 뛰면서 문고리에 닿으려고 애쓰는 중이었지.

"안녕, 피글렛."

푸가 인사했어.

"안녕, 푸."

피글렛도 인사했지.

"뭘 하려고 그래?"

"문고리를 잡으려고 하던 참이야. 방금 놀러 왔다가…."

"내가 해줄게."

푸가 친절히 말했어. 그러더니 문고리를 잡고 똑똑 문을 두드
렸지.

"나 방금 이요르 보고 왔어."

푸가 이야기하기 시작했어.

"불쌍한 이요르, 지금 슬픔에 푹 빠진 상태야. 오늘 이요르의

생일인데 아무도 몰라줬더라고. 지금 너무 우울해하고 있어. 이요르가 어떤 친구인지, 지금 어떤 상태일지 너도 알겠지? 그나저나 여기 누가 살길래 문을 두드려도 여태 답이 없는 거야?"

푸는 다시 똑똑 문을 두드렸어.

"저기, 푸. 여기는 너희 집이잖아!"

피글렛이 외쳤어.

"아! 그렇구나. 음, 아무튼 들어가자."

둘은 집 안으로 들어갔어. 푸는 곧바로 찬장으로 가서 예전에 남겨둔 작은 꿀단지부터 확인했어. 꿀단지는 제자리에 있었지. 푸는 그걸 찬장에서 끄집어냈어.

"나 이요르한테 이걸 선물로 주려고. 너는 정했어?"

푸가 말했어.

"나도 그걸로 하면 안 될까? 우리 둘이 같이 준비한 선물로 하면 어때?"

피글렛이 말했어.

"아니야, 피글렛. 그건 별로 좋은 생각이 아닌 것 같아."

"그래, 알았어. 그럼 난 풍선으로 할게. 내 파티 끝나고 남은 풍선이 하나 있거든. 지금 가서 가져올게. 어때?"

"아주 좋은 생각이야, 피글렛. 풍선이라면 분명 이요르의 기분이 좋아질 거야. 풍선을 보고 기분이 좋아지지 않는 애는 못 봤거든."

피글렛은 총총거리며 집으로 향했어. 그리고 푸는 아까 그 꿀단지를 들고 또 다른 곳으로 향했어.

날은 따뜻했어. 갈 길은 멀었지. 아직 반도 못 갔을 즈음이었어. 수상한 기운이 스멀스멀 푸를 감싸기 시작했어. 푸의 코끝부터 시작해서 온몸을 간질이더니 발바닥까지 퍼졌어. 마치 푸의 몸 안에 누군가가 들어와서 이렇게 말하는 것 같았지.

'푸, 이제 간단하게 뭔가 먹을 시간이야.'

"이런, 이런. 이렇게 시간이 늦었는지 모르고 있었네."

푸는 중얼거리더니 그 자리에 앉아서 꿀단지의 뚜껑을 열었어.

"이걸 챙겨와서 정말 다행이야. 다른 곰들이라면 오늘처럼 따뜻한 날에 밖을 나서면서 간단히 먹을 걸 챙겨올 생각까진 절대 하지 못했을 텐데."

푸는 혼자 이렇게 생각하면서 꿀을 먹기 시작했어.

"자, 그러니까 이제 나 어딜 가려던 참이었지?"

단지 안의 꿀을 바닥까지 싹싹 핥아먹고 난 푸는 혼자 중얼거리며 느릿느릿 자리에서 일어났어. 그러다 갑자기 깨달았지. 방금 자기가 이요르의 생일 선물을 먹어치웠다는 사실을!

"이럴 수가!"

푸가 소리쳤어.

"이제 어떡하지? 이요르한테 뭐라도 꼭 줘야 할 텐데."

푸는 잠시 고민해봤지만 마땅한 방법이 떠오르지 않았어.

"음, 그러고 보니 이 단지 꽤 좋아 보이는데, 꿀이 없어도 괜찮지 않을까? 단지를 깨끗하게 씻은 다음에 '생일 축하해'라고 써서 이요르에게 주는 거야. 단지 안에 물건을 담을 수도 있고 쓸모

있잖아."

때마침 푸가 지금 막 지나치려고 했던 곳이 100에이커 숲이었어. 그 숲에 사는 아울의 집을 찾아가기로 했지.

"안녕, 아울."

"안녕, 푸."

"이요르의 생일을 맞아 좋은 일 가득하길."

"아, 오늘이 이요르 생일이야?"

"너 이요르에게 무얼 줄 생각이야, 아울?"

"너는 무얼 줄 생각인데, 푸?"

"난 물건을 담기 좋은 쓸모 있는 단지를 줄 생각이야. 그래서 내가 부탁할 게 있는데…."

"그 단지가 이거야?"

아울이 푸가 들고 있던 단지를 가져가며 말했어.

"응, 그래서 내가 부탁할 게 있는데…."

"누가 꿀을 담았던 모양이네."

"뭐든 담을 수 있는 단지야."

푸가 진지하게 말했어.

"아주 쓸모 있는 단지라니까. 그래서 내가 부탁할 게 있는데…."

"단지에 '생일 축하해'라고 써주면 좋겠다."

"바로 그게 내가 부탁하려던 거였어. 내 글씨가 워낙 삐뚤빼뚤해서 말이야. 철자는 잘 맞는데 삐뚤빼뚤하게 써져. 글씨가 제자리를 못 찾는다니까. 부탁인데 나 대신에 '생일 축하해'라고 단지 위에 써줄래?"

"단지 멋지다."

아울은 단지를 이리저리 살펴보며 말했어.

"나도 이걸로 하면 안 될까? 우리 둘이 같이 준비한 선물로 하면 어때?"

"아니야, 아울. 그건 별로 좋은 생각이 아닌 것 같아."

푸가 말했어.

"내가 단지를 씻어 올게. 네가 다 씻은 단지 위에 글씨를 써줘."

푸는 단지를 잘 씻어서 말렸어. 그동안 아울은 연필 끝에 침을 묻히며 '생일'을 어떻게 써야 하나 혼자 고민하고 있었어.

"너 글씨 읽을 줄 아니, 푸?"

아울이 살짝 걱정스럽다는 듯 물었어.

"우리 집 문에서 언제 문고리 두드리고 종 울리면 되는지 알려주는 안내문 봤지? 그거 크리스토퍼 로빈이 써줬거든. 너 그거 읽을 수 있어?"

"크리스토퍼 로빈이 뭐라고 쓰여 있는지 말해준 적 있어. 그때부터 나도 읽을 수 있게 됐지."

"음, 그럼 이번에는 내가 알려줄게. 그럼 너도 읽을 수 있을 거야."

아울은 글씨를 쓰기 시작했어. 자, 이게 아울이 쓴 글씨야.

ㅂ새ㅣ022ー ㅊㅜㅊㄱㅋㅏㅎ해

푸는 아울이 쓴 글씨를 보며 감탄했어.

"그냥 '생일을 축하해'라고 써봤어."

아울이 말했어.

"정말 길고 멋지게 썼는걸!"

푸는 정말 감동했지.

"음, 사실 그렇지. '생일을 진심으로 축하해, 사랑하는 푸가'라고 쓴 거야. 길게 쓰느라 당연히 연필심이 많이 닳긴 했지만, 뭐."

"아, 그렇구나."

푸와 아울이 이렇게 일을 벌이는 동안, 피글렛은 이요르에게 줄 풍선을 가지러 집에 갔다 왔어. 집에서 풍선을 갖고 나온 피글렛은 혹시라도 풍선이 날아가지 않도록 꽉 붙들었어. 그리고 푸보다 먼저 이요르에게 도착하려고 열심히 달렸지. 자기가 이요르에게 첫 번째로 선물을 주는 친구가 되고 싶었거든. 이요르의 생일이라는 걸 누구한테 듣고 온 게 아니라 원래 기억하고 있었던 척하려고 했지. 피글렛은 이요르가 얼마나 기뻐할까 생각하면서 달리느라 자기가 가고 있던 길을 제대로 살피지 않았어…. 그만 토끼굴이 발이 걸리는 바람에 철퍼덕 엎어졌지 뭐야.

펑!!!???!!

그대로 엎어져 있던 피글렛은 대체 무슨 일이 일어났나 싶어 어리둥절했어. 처음에는 세상이 다 터져버린 줄 알았지. 그러다 어쩌면 이 숲만 터져버린 걸까 생각했어. 그러다 어쩌면 자기만 터져버려서 달이라든지 다른 어딘가로 홀로 날아온 게 아닐까 싶

었어. 그래서 이제 크리스토퍼 로빈도, 푸도, 이요르도 다시는 만
날 수 없게 된 걸까 생각했어. 그러다 다시 생각했어.

'음, 만약에 내가 지금 달에 와 있다고 해도, 굳이 이렇게 엎어
져만 있을 필요는 없잖아.'

피글렛은 조심조심 몸을 일으켜 주위를 두리번거렸어. 그곳은
아직 숲이었어!

"하, 이상하네. 그럼 아까 들렸던 펑 소리는 대체 뭘까? 그냥 엎
어져서는 그렇게 요란한 소리가 날 리 없는데. 아, 그나저나 내 풍
선은 어디 갔지? 저 쭈그러진 고무 조각은 뭐람?"

그건 풍선이었어!

"어! 이런, 이런, 아니 이런 일이! 어쩌나, 시간이 너무 늦어버
렸는데. 집으로 돌아갈 수도 없고 어차피 풍선도 더 없어. 그래,
뭐 어쩌면 이요르가 풍선을 별로 안 좋아할지도 몰라."

피글렛은 조금 슬퍼져서는 이요르가 있는 시냇가로 서둘러 갔

어. 시냇가에 도착한 피글렛은 이요르를 큰 소리로 불렀어.

"안녕. 좋은 아침이야, 이요르!"

"안녕. 좋은 아침이야, 피글렛."

이요르가 뒤이어 중얼거렸어.

"좋은 아침이 맞나 의심스럽긴 하지만 말이야. 아무래도 상관없지만."

"생일 축하해, 이요르. 좋은 일 가득하길."

피글렛이 이요르에게 다가가며 말했어.

시냇물에 비친 자기 모습을 바라보고 있던 이요르가 멈칫하더니 고개를 들어 피글렛을 쳐다봤어.

"자, 다시 말해줄래?"

"좋은 일 가득….”

"잠깐만."

이요르가 갑자기 다리 한쪽을 조심조심 들더니 귀 쪽으로 갖다 대려고 했어. 남은 세 다리로 균형을 잡으면서 말이지.

"어제는 성공했는데."

균형을 잃으면서 세 번째로 바닥을 구르고 난 이요르가 말했어.

"되게 쉬운 건데, 이렇게 하면 소리가 더 잘 들리거든…. 어, 됐다! 아까 뭐라고 했는지 다시 말해줄래?"

이요르는 발굽으로 한쪽 귀를 바짝 밀어 올리고는 피글렛에게 말했어.

"생일 축하해, 이요르. 좋은 일 가득하길."

피글렛이 다시 말해줬어.

"나한테 하는 말이야?"

"물론이지, 이요르."

"내 생일 말이야?"

"그럼."

"진짜 내 생일이야?"

"그래, 이요르. 선물도 가져왔어."

이요르는 오른쪽 귀에 대고 있던 오른쪽 발굽을 내려놓고 몸을 왼쪽으로 틀더니 낑낑대며 왼쪽 발굽을 왼쪽 귀에 가져다 댔어.

"다른 쪽 귀로 들어봐야겠어. 다시 말해줄래?"

"선물!"

피글렛이 큰 소리로 다시 말해줬어.

"이것도 나한테 하는 말이니?"

"그럼."

"내 생일이란 말이지?"

"물론이지, 이요르."

"진짜 오늘이 내 생일이라는 말이지?"

"그래, 이요르. 선물로 풍선을 가져왔어."

"풍선? 풍선이라고 했니? 입으로 불면 커지는 알록달록한 그거? 흥겹게 노래하고 춤추고, 이리 왔다가 저리 갔다가 하는 그거?"

이요르가 물었어.

"응, 맞아. 근데 미안해, 이요르…. 풍선 들고 뛰어오다가 넘어졌어."

"아이고, 저런! 너무 서둘렀나 보다. 어디 다치지 않았니, 피글렛?"

"다치진 않았어. 근데 이요르… 그때 풍선이 그만 터져버렸어!"

아주 길고 긴 침묵이 흘렀어.

"내 풍선이?"

마침내 이요르가 입을 열었어. 피글렛은 고개를 끄덕했지.

"생일 선물로 주려던 풍선이?"

"응, 이요르."

피글렛은 조금 훌쩍거리며 말했어.

"이거 받아. 생일 축하해."

피글렛은 이요르에게 쭈그러진 고무 조각을 내밀었어.

"이게 그거야?"

이요르가 약간 놀라며 말했어.

피글렛은 고개를 끄덕였지.

"내 선물?"

피글렛이 다시 고개를 끄덕였어.

"풍선?"

"응."

"고마워, 피글렛. 근데 이런 질문도 괜찮으려나…? 이 풍선 무슨 색깔이었나 해서…. 그러니까 이게 풍선이었을 적에 말이야."

"빨간색이었어."

"아, 그냥 궁금했어…. 빨간색이었구나. 내가 좋아하는 색깔이네…."

이요르는 혼자 중얼거렸어.

"크기는 얼마나 컸어?"

"내 몸집만큼 컸던 것 같아."

"아, 그냥 궁금했어…. 피글렛만큼이나 컸구나."

이요르는 쓸쓸하게 혼잣말을 했어.

"내가 좋아하는 크기야. 음, 그러네."

피글렛은 너무 슬퍼졌어. 무슨 말을 해야 할지 알 수 없었어. 뭐라도 말해볼까 싶어서 입을 열어보았지만 결국엔 무슨 말을 꺼내도 좋을 게 없으리라고 생각하고 말았지. 그때였어. 시내 건너편에서 누군가가 소리치는 걸 들었어. 푸였어.

"생일 축하해. 좋은 일 가득하길!"

푸가 크게 소리쳤어. 이미 아까 이요르에게 했던 말이지만 그새 잊어버렸지.

"고마워, 푸. 지금 축하받는 중이었어."

이요르가 우울한 목소리로 대답했어.

"널 위해 조그만 선물을 가져왔어."

푸가 신나서 말했어.

"나 선물도 받았어."

이요르가 말했어.

푸는 첨벙첨벙 시내를 건너서 이요르에게 갔어. 피글렛은 이요르에게서 조금 떨어진 자리에 앉아, 얼굴을 앞발에 묻고 훌쩍거리고 있었어.

"쓸모가 많은 단지야."

푸가 설명했어.

"이거야. 이 위에 '생일을 진심으로 축하해, 널 사랑하는 푸가'라고 썼어. 거기 쓰여 있는 글씨들이 그런 뜻이야. 이 단지 안에는 물건을 담아둘 수 있고. 자, 받아!"

단지를 본 이요르가 잔뜩 들뜬 목소리로 소리쳤어.

"어! 이 단지에 내 풍선을 넣으면 딱 맞겠는데!"

"아니야, 이요르. 풍선은 너무 커서 단지에 못 넣어. 풍선이란 건 손에 들어서…."

"내 풍선은 달라."

이요르가 의기양양하게 말했어.

"이거 봐, 피글렛!"

피글렛이 여전히 눈물이 그렁그렁한 얼굴로 뒤를 돌아봤어. 이요르가 이빨로 풍선을 집어서 조심조심 단지 안에 넣었지. 그러더니 다시 풍선을 꺼내서 바닥에 놓았다가, 또 풍선을 집어서 조심조심 단지 안에 도로 넣었어.

"그러네! 풍선을 넣을 수 있어!"

푸가 외쳤어.

"그러네! 풍선을 꺼낼 수도 있고!"

피글렛이 외쳤어.

"그렇지? 풍선도 이렇게 넣었다 꺼낼 수 있어."

이요르가 대답했어.

"너한테 이 쓸모 있는 단지를 선물할 수 있어서 정말 기뻐."

푸가 행복해하며 말했어.

"너한테 그 쓸모 있는 단지에 넣을 수 있는 것을 선물할 수 있어서 정말 기뻐."

피글렛도 웃으며 말했어.

하지만 이요르는 친구들의 말을 듣지 못했어. 혼자 또 풍선을 단지에서 꺼냈다 넣었다 하면서 더할 나위 없이 행복해하고 있었거든.

***

"그런데 제가 이요르에게 선물을 줬던가요?"

크리스토퍼 로빈이 아쉬운 얼굴로 물었습니다.

"당연히 줬지. 네가 준 선물은, 음, 뭐더라? 혹시 기억 안 나니? 조그만…."

"아, 그림 그리는 물감 한 박스를 줬어요."

"맞다, 그거야."

"왜 저는 아침에 이요르에게 선물을 주지 못했을까요?"

"이요르의 생일 파티를 준비하느라 엄청 바빴지. 그때 이요르를 위한 케이크가 있었는데, 위에 아이싱을 바르고 초를 세 개 꽂았잖아. 또 분홍색 설탕으로 이름을 장식하고…."

"맞아요. 저도 생각나요."

크리스토퍼 로빈은 말했습니다.

캥거의 집에서 피글렛이
목욕을 하게 된 이유

그들이 어디서 왔는지는 아무도 모르는 눈치였지만, 언젠가부터 숲에 있었어. 캥거와 루 말이야. 푸가 크리스토퍼 로빈에게 물었어.

"저 둘은 어떻게 여기로 오게 됐을까?"

"다들 늘 그랬던 것처럼 왔지. 무슨 뜻인지 네가 알까 모르겠다, 푸."

"아!"

크리스토퍼 로빈의 말에 푸는 잘 몰랐지만 일단 대답했지. 그리고 고개를 두 번 끄덕끄덕하더니 다시 말했어.

"다들 늘 그랬던 것처럼 왔구나. 아!"

크리스토퍼 로빈과 대화를 마친 푸는 친구 피글렛의 집을 찾아갔어. 피글렛은 이 일에 대해 어떻게 생각하는지 궁금했거든. 그런데 피글렛의 집에 래빗이 와 있었어. 그렇게 셋이 함께 이야기를 나누게 됐지.

"이게 내 맘에 안 드는 이유가 뭐냐면."

래빗이 말했어.

"이곳에서는 너희 푸와 피글렛, 그리고 내가 살고 있었잖아. 그런데 갑자기⋯."

"이요르도 있지."

푸가 말했어.

"그래, 이요르도 있지. 그러다 갑자기⋯."

"아울도 있잖아."

"그렇지, 아울도 있어. 그런데 난데없이⋯."

"아, 이요르도 있어. 깜빡 잊었네."

"그으래. 우리, 모두, 다 같이, 살고 있었지."

래빗은 아주 천천히 한 단어씩 말했어.

"그런데 갑자기 어느 아침에 눈 뜨고 보니 무슨 일이 생겼지? 우리 앞에 낯선 동물이 나타났잖아. 이제껏 한 번도 본 적 없는 동물이야! 자기 주머니에 가족을 넣고 다니는 동물이라니! 내가 만약에 주머니에 가족을 넣고 다닌다고 생각해봐. 난 주머니가 몇 개나 있어야 할까?"

"열여섯 개."

피글렛이 대답했어.

"열일곱 개야, 그치?"

래빗이 달리 말했어.

"그리고 손수건을 넣을 주머니도 필요하니까 열여덟 개가 있어야겠네. 옷 한 벌에 주머니를 열여덟 개나 달아야 한다니! 난 그럴 시간이 없다고."

다들 한동안 생각에 잠겨 조용해졌어⋯. 그러다 잔뜩 이마를 찌푸린 채 열심히 고민하던 푸가 입을 뗐어.

"열다섯이야."

"뭐라고?"

래빗이 물었어.

"열다섯이라고."

"뭐가 열다섯이야?"

"너희 가족 말이야."

"가족이 뭐?"

푸는 코를 슥슥 비비더니 지금 래빗이 가족 이야기를 하는 중인 줄 알았다고 말했어.

"내가?"

래빗이 대충 대꾸했어.

"응, 네가⋯."

"그건 됐어, 푸. 지금 우리가 이야기해야 할 문제는 과연 캥거를 어떻게 해야 하느냐는 거야."

피글렛이 조급한 마음에 푸의 말을 막으며 말했어.

"아, 알았어."

푸가 말했어.

"가장 좋은 방법은 이거야. 캥거의 아기 루를 몰래 데려와서 숨기는 거지. 그러면 캥거가 그러겠지. '루, 어디 있니?' 그럼 우리가 말하는 거지. '아하!'"

래빗이 말했어.

"아하!"

푸가 래빗을 따라 연습해봤지.

"아하! 아하! 근데 우리 꼭 루를 몰래 데려오지 않아도 '아하!'라고 할 순 있잖아."

푸가 이어서 말했어.

"푸, 너는 머리가 별로 안 좋구나."

래빗이 부드러운 말투로 말했어.

"나도 알아."

푸는 순순히 인정했지.

"우리가 '아하!'라고 말하는 이유는 아기 루가 어디에 있는지 우리가 알고 있다는 사실을 캥거에게 알리기 위해서야. 그러니까

'아하!'는 '아기 루가 어디에 있는지 알려줄게. 너희가 이 숲을 떠나 영영 돌아오지 않겠다고 약속하면 말이지.'라는 뜻이야. 이제 내가 고민 중일 때는 말 걸지 말아줄래?"

푸는 구석으로 가서 래빗이 낸 소리와 비슷하게 '아하!'라고 해봤어. 어느 '아하!'는 래빗이 말해준 대로 들리는 것 같았고, 또 어느 '아하!'는 그렇게 안 들렸어.

'계속 연습하는 수밖에 없겠네. 이걸 알아들으려면 캥거도 연습해야 하는 게 아닐까 몰라.'

푸는 혼자 생각했지.

"하나 말할 게 있어."

피글렛이 초조해하면서 이야기하기 시작했어.

"크리스토퍼 로빈에게 물어본 적 있는데, 캥거는 아주 사나운 동물이라고 알려져 있대. 사실 사나운 동물이라도 평소의 모습일 때는 별로 안 무서운데, 다들 알다시피 새끼를 빼앗긴 사나운 동물은 두 배로 사나워진다잖아. 만약 그렇다면 '아하!'라고 말하는 건 바보 같은 일이 될 수 있어."

"피글렛, 너는 별로 용감하지 못하구나."

래빗은 연필을 꺼내 끝에 침을 묻히며 말했어.

"몸집이 아주 작은 동물들은 용감해지기가 얼마나 어려운데."

피글렛이 살짝 코를 훌쩍이며 말했어.

갑자기 래빗이 바쁘게 뭔가를 적기 시작했어. 그러다 고개를 들더니 말했어.

"넌 몸집이 아주 작은 동물이기 때문에 앞으로 펼쳐질 모험에서 아주 쓸모가 있을 거야."

피글렛은 자기가 쓸모가 있을 거라는 말에 잔뜩 신이 나서 아까 겁이 났었다는 사실은 다 까먹었어. 또 래빗이 캥거는 겨울철에만 사나워지고 평소에는 상냥하고 온화한 성격이라고 설명하는 동안에도, 피글렛은 자리에 앉지도 못하고 당장이라도 쓸모 있는 일을 시작하고 싶어서 안달이 났어.

"나는? 나는 쓸모가 없으려나?"

푸가 울적해하며 물었어.

"괜찮아, 푸. 다음에 또 기회가 있겠지."

피글렛이 푸를 다독였어.

그때 연필을 깎던 래빗이 진지하게 말했어.

"푸 없이 이 모험은 불가능하지."

"오!"

피글렛은 실망한 표정을 감추려 애썼어. 한편 의기양양해진 푸는 방 한구석으로 가더니 혼자 중얼거렸어.

"나 없이는 불가능하대! 내가 이런 곰이라니까!"

"자, 이제 다들 들어봐."

뭔가를 다 적고 난 래빗이 말했어. 푸와 피글렛은 입을 헤벌리고 앉아 열정적으로 래빗의 말에 귀를 기울였어. 래빗이 읽어준 내용은 다음과 같았어.

<아기 루 몰래 데려오기 작전>

1. 정보. 캥거는 우리보다 빨리 달린다. 심지어 나보다도.

2. 정보 추가. 캥거는 절대 아기 루에게서 눈을 떼지 않는다. 자기 주머

니 속에 안전하게 품고 있을 때가 아니라면.

3. 결론. 우리가 아기 루를 몰래 데려오려면 캥거보다 먼저 출발해야 한다. 캥거는 우리보다 빨리 달리기 때문이다. 심지어 나보다도(1번 참조).

4. 작전 실행. 루가 캥거의 주머니로 들어갈 때 피글렛이 대신 들어간다. 캥거는 눈치채지 못할 것이다. 피글렛은 몸집이 아주 작은 동물이기 때문이다.

5. 루만큼이나 작다.

6. 그러나 일단 캥거의 눈을 다른 쪽으로 돌려야 한다. 피글렛이 주머니 속으로 들어가는 걸 들키지 않도록.

7. 2번 참조.

8. 작전 추가 실행. 푸가 캥거에게 아주 재미있는 이야기를 들려준다면 잠시 캥거의 눈을 푸 쪽으로 돌릴 수 있을 것이다.

9. 그때 나는 루를 데리고 도망간다.

10. 재빨리.

11. 그리고 캥거는 나중에야 뭔가 달라졌다는 걸 눈치챌 것이다.

이 내용을 낭독하는 래빗의 목소리는 자신감이 넘쳤어. 낭독이 끝나고 잠시 아무도 말이 없었지. 입을 떼려다가 다시 닫았다가

오락가락하며 정작 아무 소리도 못 내고 있던 피글렛이 잔뜩 잠
긴 목소리로 간신히 말을 꺼냈어.

"그러니까… 나중에는?"

"무슨 뜻이야?"

"나중에 캥거가 뭐가 달라졌는지 눈치채고 나면 말이야."

"그럼 우리 다 같이 '아하!'라고 외쳐야지."

"우리 셋이 다 같이?"

"그럼."

"아!"

"왜, 무슨 문제라도 있어, 피글렛?"

"아냐. 우리 셋이서 외친다면 문제없지. 우리 셋이 다 같이 한다면야 상관없어. 나 혼자 '아하!'라고 외치고 싶지는 않거든. 혼자 외치면 제대로 들리지도 못할 거야. 그나저나 아까 네가 말한 겨울철 이야기는 확실한 거지?"

"겨울철 이야기?"

"응, 겨울철에만 사나워진다는 이야기 말이야."

"아, 그럼 그럼. 확실해. 그리고 푸, 너도 네가 뭘 해야 하는지 잘 알아들었지?"

"아니, 아직 모르겠는데. 내가 뭘 해야 해?"

"음, 너는 캥거가 아무것도 눈치채지 못하도록 열심히 캥거랑 이야기를 나누면 돼."

"아! 무슨 이야기를 하면 돼?"

"뭐든 네가 좋아하는 이야기."

"그러니까 시에 관한 이야기 같은 걸 들려주면 될까?"

"그래, 그러면 돼. 아주 좋았어. 자, 이제 따라와."

그렇게 이야기를 마친 셋은 캥거를 찾으러 나섰어.

캥거와 루는 숲속의 어느 모래밭에서 한가로운 오후를 보내고 있었어. 아기 루는 모래밭에서 콩콩거리며 점프 실력을 갈고닦는 중이었어. 또 쥐구멍으로 들어갔다가 다시 기어 나오기도 했지. 캥거는 그런 루를 걱정스럽게 지켜보며 말했어.

"점프 딱 한 번만 더 하렴, 루. 이제 집에 가야지."

그때 누군가가 언덕 위로 쿵쿵 발걸음을 옮겼어. 푸였어.

"안녕, 캥거."

"안녕, 푸."

"나 점프하는 것 좀 봐요!"

루가 소리치며 또 쥐구멍으로 쏙 들어갔어.

"안녕, 귀여운 루!"

"우리는 이제 집에 가려던 참이야."

캥거가 말했어.

"안녕, 래빗. 안녕, 피글렛."

래빗과 피글렛이 언덕 너머에서 나타났어.

"안녕, 캥거. 안녕, 루."

루는 자기가 점프하는 것 좀 보라고 소리쳤고, 친구들은 그대로 서서 루를 지켜봤어.

캥거도 같이 지켜보고 있었지….

"아, 캥거."

래빗이 윙크 두 번으로 신호를 보내오자 푸가 캥거에게 다가갔어.

"너 혹시 시에 조금이나마 관심 있니?"

"아니, 별로."

캥거가 대답했어.

"아!"

"점프 딱 한 번만 더 하렴, 루. 이제 집에 가야지."

루가 또 쥐구멍으로 쏙 들어가고 다들 잠시 조용해졌어.

"계속해."

래빗이 앞발로 입을 가린 채 속삭이듯 외쳤어.

"시 이야기를 해보자면…."

푸가 다시 캥거에게 말을 걸었어.

"내가 지금 여기로 오는 길에 짧은 시를 한 편 지었거든. 이렇게 시작해. 어… 그러니까….”

“오, 멋지네! 루, 이제 가야지….”

“네 맘에 들 거야, 이 시.”

래빗이 말했어.

“네 맘에 들 거야.”

피글렛도 말했어.

“귀 기울여서 잘 들어봐.”

래빗이 다시 말했어.

“한 구절이라도 놓치면 안 되니까.”

피글렛도 다시 말했어.

“아, 그래.”

캥거는 여전히 아기 루에게서 눈을 떼지 않고 대답했어.

“어떻게 시작하는 시더라, 푸?”

래빗이 말했어.

푸는 헛기침을 한 번 하더니 시를 읊기 시작했어.

<머리가 별로 좋지 못한 곰의 시>

월요일, 햇빛이 쨍쨍한 날이면

나는 혼자 궁금한 게 많지.

"정말일까, 아닐까?

어느 것이 무엇이고 무엇이 어느 것이라는 건."

화요일, 우박이 오고 눈이 내리는 날이면

감정이 커지고 또 커지네.

그건 아무도 알지 못할 테지.

이것들이 저것들인지 저것들이 이것들인지.

수요일, 하늘이 푸른 날이면

나는 할 일이 없어.

가끔은 그게 정말인지 궁금해.

무엇이 누구이고 누가 무엇인지.

목요일, 얼어붙도록 추워지고

나무 위의 서리가 반짝거리는 날이면

얼마나 쉽게 알아볼 수 있는지.

이것들이 누구의 것인지.

그런데 이것들은 누구의 것이지?

금요일, …

"응, 그러네. 그렇지?"

캥거는 금요일에 무슨 일이 생길지는 들으려 하지 않았어.

"점프 딱 한 번만 더 하렴, 루. 이제 집에 가야지."

래빗이 푸를 쿡 찌르며 어서 서두르라고 신호했어.

"시 이야기를 해보자면 말이야. 저기 저 나무 본 적 있어?"

푸는 얼른 다시 캥거에게 말을 걸었어.

"어떤 나무? 루, 이제…."

캥거가 말했어.

"저기 말이야."

푸가 캥거의 등 뒤를 가리키며 말했어.

"그만. 이제 안으로 들어오렴, 루. 집에 가자."

"저 나무를 꼭 봐야 해."

래빗이 끼어들었어. 그리고 루에게 말했지.

"안에 들어갈 수 있도록 내가 올려줄까, 루?"

그러더니 루를 안아 올렸지.

"여기서 보니까 나무에 새가 있는 것 같아. 새가 아니라 물고기인가?"

푸가 말했어.

"저 새를 꼭 봐야 해. 새가 아니라면 물고기를."

"물고기가 아니야. 새야."

피글렛이 말했어.

"그러네."

래빗이 말했어.

"찌르레기일까, 검은지빠귀일까?"

푸가 물었어.

"아주 중요한 질문이야, 푸. 검은지빠귀일까, 찌르레기일까?"

래빗도 물었어.

마침내 캥거의 시선을 가져오는 데 성공했어. 캥거가 고개를 돌리는 순간 래빗이 큰 소리로 외쳤지.

"루, 어서 주머니 안으로 들어가렴!"

그러자 피글렛이 얼른 캥거의 주머니 안으로 뛰어들었고, 래빗은 루를 안고 냅다 뛰었어. 있는 힘껏 달렸지.

"어, 래빗이 어디 갔지?"

캥거가 제자리로 고개를 돌리며 말했어.

"루, 괜찮니?"

캥거의 주머니 안쪽에 숨은 피글렛이 루가 끽끽대는 소리를 흉내 냈어.

"래빗은 가봐야 한대. 갑자기 얼른 가서 해야 할 일이 생각났나 봐."

푸가 말했어.

"그럼 피글렛은?"

"피글렛도 똑같이 뭔가가 생각났나 봐."

"그래, 그럼 우리도 집에 가야겠다. 안녕, 푸."

캥거는 풀쩍 힘차게 출발하더니 점프 세 번만에 벌써 눈앞에서 사라져버렸어.

푸는 캥거의 뒷모습을 바라보며 혼자 생각했어.

'나도 캥거처럼 점프할 수 있으면 좋겠다. 하지만 누군가는 할 수 있어도 누군가는 할 수 없는 일도 있는 거지. 세상일이 다 그렇지.'

그런데 지금 피글렛에게는 캥거가 점프를 할 수 없었다면 좋았을 텐데 하고 생각하는 순간들이 찾아왔단다. 원래 피글렛은 숲

을 오래 걸어 집으로 갈 때면 새처럼 날 수 있다면 좋았을 텐데 하고 생각하곤 했어. 하지만 지금 피글렛은 캥거의 주머니 안에서 정신없이 부대끼며 혼자 생각했어.

'이게 정말 나는 거라면 난 절대 날지 않을래.'

피글렛은 몸이 붕 떠오를 때면 "어어어어!", 다시 바닥에 떨어질 때면 "아이쿠!" 하고 끙끙댔어. 집에 도착할 때까지 내내 "어어어어! 아이쿠! 어어어어! 아이쿠!" 하는 소리가 절로 났지.

캥거는 집에 도착해 주머니를 들여다본 순간, 무슨 일이 벌어졌는지 한눈에 알았어. 순간 겁이 나는 것 같았지만 이내 그럴 일이 아님을 알았어. 크리스토퍼 로빈이라면 절대 루에게 해가 되는 일이 생기도록 놔두지 않을 거라고 굳게 믿었거든. 캥거는 혼자 중얼거렸어.

"이런 식으로 장난친다면 나도 가만히 있을 수 없지."

"루, 이제 잘 시간이란다."

캥거는 피글렛을 주머니에서 꺼내주며 말했어.

"아하!"

피글렛은 끔찍한 여행길을 겪고 난 뒤였지만 그래도 힘을 내서 외쳤어. 하지만 피글렛의 '아하!'가 별로 성공적이지 못했는지 캥거가 못 알아듣는 눈치였어.

"목욕부터 하자."

캥거가 활기 넘치는 목소리로 말했어.

"아하!"

피글렛이 다시 외쳤어. 불안해하며 주위에 다른 친구들은 없는지 살폈지. 하지만 아무도 없었어. 래빗은 자기 집에서 아기 루와 놀고 있었는데, 점점 루에게 푹 빠졌지 뭐야. 푸는 캥거처럼 되겠다며 숲속 언덕 위의 모래밭에서 아직도 점프 연습 중이었지.

"오늘 저녁에 차가운 물로 목욕하는 게 괜찮은 생각인지 모르겠네. 어떠니, 루?"

캥거는 염려하는 듯한 목소리로 말했어.

피글렛은 목욕을 좋아했던 적이 한 번도 없었어. 목욕이라면 몸서리치도록 질색이었지. 이제 어떻게든 용기를 내서 말하기로 했어.

"캥거, 이제 솔직하게 털어놔야 할 때가 된 것 같아."

"귀여운 우리 루, 재밌기도 하지."

캥거는 목욕물을 준비하면서 말했어.

"난 루가 아니야. 난 피글렛이야!"

피글렛이 큰 소리로 외쳤어.

"그래그래, 우리 아가. 피글렛의 목소리도 흉내 잘 내는구나! 영리하기도 하지."

캥거는 찬장에서 크고 노란 비누를 꺼내면서 계속 말했어.

"다음에는 무얼 또 보여줄 거니?"

"내가 안 보여?"

피글렛이 소리쳤어.

"눈이 나쁜 거야? 날 보라고!"

"보고 있잖니, 루."

캥거의 목소리가 조금 엄해졌어.

"어제 엄마가 얼굴 찌푸리지 말라고 말했던 거 기억하지? 그렇게 계속 피글렛처럼 얼굴을 찌푸리면 나중에 커서 피글렛 닮는다. 그럼 얼마나 속상할지 생각해봐. 자, 이제 목욕하자. 그리고 앞으로 엄마가 아까 같은 이야기 또 꺼내는 일이 없도록 해주렴."

피글렛은 자기도 모르게 눈 깜짝할 사이에 욕조 안에 들어앉았어. 캥거는 비누 거품을 낸 목욕 수건으로 피글렛의 몸을 벅벅 문

질러댔어.

"어우! 나 좀 꺼내줘! 나 피글렛이라니까!"

피글렛이 소리 질렀어.

"입 다물어야지, 아가. 비눗물 들어갈라. 어, 그거 봐! 엄마가 뭐
랬니."

"너, 너 일부러 그러는 거지, 캥거?"

피글렛은 다시 말을 할 수 있게 되자 바로 분통을 터뜨렸어. 그
런데 어쩌다 보니 이번에는 비누 거품 낸 목욕 수건이 피글렛의

입으로 들어갔지 뭐야.

"그래, 루. 아무 말도 하지 말고 있어."

잠시 뒤, 캥거는 피글렛을 욕조에서 꺼내 수건으로 닦아줬어. 그리고 말했지.

"자, 이제 약 먹고 침대로 가자."

"무, 무슨 약?"

피글렛이 놀라서 물었어.

"키도 크고 튼튼해지는 약이지. 몸집도 작고 약한 피글렛처럼 자라고 싶은 건 아니지? 어서 먹자!"

그때 누군가가 문을 똑똑 두드렸어.

"들어와."

캥거가 말했어. 그러자 크리스토퍼 로빈이 문을 열고 안으로 들어왔어.

"크리스토퍼 로빈! 크리스토퍼 로빈!"

피글렛이 소리쳤어.

"캥거한테 내가 누군지 말 좀 해줘! 자꾸 나 보고 루래. 난 루가 아니잖아, 그치?"

크리스토퍼 로빈은 유심히 피글렛을 쳐다보더니 고개를 가로 저었어.

"루일 리가 없지. 루는 지금 래빗의 집에서 놀고 있는 걸 내가 봤거든."

"어머, 놀라워라! 내가 이런 실수를 하다니!"

캥거가 놀란 척하며 말했어.

"거 봐! 내가 말했잖아! 난 피글렛이라고!"

크리스토퍼 로빈은 다시 고개를 저었어.

"아, 넌 피글렛이 아니야. 내가 피글렛을 잘 아는데, 너랑 색깔이 아주 달라."

피글렛은 방금 목욕해서 색이 달라졌다고 말하려다가 아무래도 말하지 않는 게 나을 것 같았어. 그러다 다른 얘기를 꺼내려는 순간, 캥거가 잽싸게 약이 든 숟가락을 피글렛의 입안에 밀어 넣고 등을 두드렸어. 그리고 익숙해지면 제법 괜찮은 맛이라고 말해줬어.

"나도 얘가 피글렛이 아니란 건 알았어. 그럼 얘는 누군지 모르겠네."

캥거가 말했어.

"아마 푸의 친척인 것 같아. 조카라든지 삼촌이라든지…."

캥거는 그게 맞겠다면서 이름을 지어서 불러주는 게 좋겠다고 말했어.

"난 푸텔이라고 부를래. 헨리 푸텔을 줄여서 부르는 이름이야."

크리스토퍼 로빈이 말했어.

그렇게 이름이 결정되던 순간 헨리 푸텔은 몸을 꼼지락거려 캥거의 팔에서 빠져나와 바닥으로 점프했어. 정말 다행스럽게도 아까 크리스토퍼 로빈이 문을 열어둔 채 들어왔더라고.

헨리 푸텔 피글렛은 평생 그렇게 빨리 달려본 적이 없을 정도였어. 그대로 자기 집까지 쉬지 않고 내달렸지. 그러다 집까지 90미터쯤 남은 지점부터 집에 도착할 때까지는 달리기를 멈추고 바닥을 데굴데굴 굴러서 갔지 뭐야. 멋지고 편안했던 원래의 몸 색깔

을 되찾으려고 그랬던 거지.

　캥거와 루는 이후로도 계속 숲에서 지냈어. 그리고 매주 화요일이면 루는 최고의 친구 래빗과 함께, 캥거는 최고의 친구 푸와 함께 점프 연습을 했고, 피글렛은 최고의 친구 크리스토퍼 로빈과 함께 하루를 보내게 되었어. 그렇게 친구들은 모두가 다시 행복해졌단다.

이야기

8

크리스토퍼 로빈이 이끄는
북극 탐험대

어느 화창한 날, 푸는 숲속의 언덕 위를 쿵쿵거리며 올라가는 중이었어. 크리스토퍼 로빈이 혹시 곰들에게 관심이 있지 않으려나 확인하러 가는 길이었지. 그날 아침밥을 먹는데(벌집 위에 마멀레이드를 살짝 발라서 먹는 간단한 식사였어) 문득 새 노래가 머릿속에 떠올랐거든. 이렇게 시작하는 노래야.

"노래하자, 호! 곰의 삶을 위해."

그런데 여기까지 부르고 난 푸가 머리를 긁적였어. 그리고 중얼거렸지.

"노래 시작은 참 좋은데, 두 번째 소절을 뭐라고 짓지?"

푸는 "호!" 하고 두어 번 흥얼거려도 봤지만 별로 도움이 되질 않았어.

"'노래하자, 하이! 곰의 삶을 위해'라고 부르는 게 더 나으려나?"

고민하던 푸는 첫 번째 소절을 바꿔서 불러봤는데… 별로였어.

"좋아, 그렇다면 첫 번째 소절을 두 번 불러야겠어. 그 부분을

아주 빠르게 부르다 보면 나도 모르게 세 번째, 네 번째 구절까지
입에서 술술 흘러나올 수도 있잖아? 그렇게 '좋은 노래'는 완성
되는 거지. 자, 한번 불러볼까?"

노래하자, 호! 곰의 삶을 위해!

노래하자, 호! 곰의 삶을 위해!

비가 와도 눈이 와도 괜찮아.

새롭고 멋진 내 코에 꿀이 잔뜩 묻어 있으니!

눈이 와도 눈이 녹아도 괜찮아.

깔끔하고 멋진 내 발에 꿀이 잔뜩 묻어 있으니!

노래하자, 호! 곰을 위해!

노래하자, 호! 푸를 위해!

그리고 한두 시간 뒤면 나는 간식을 먹을 참이야!

푸는 이 노래가 아주 마음에 들어서 숲속의 언덕으로 가는 길
내내 불렀어.

"그런데 계속 노래하다 보면 곧 간식 시간에 가까워질 텐데. 그
러면 마지막 소절의 가사가 사실과 달라진단 말이지."

그래서 푸는 마지막 소절을 콧노래로 대신해서 불렀단다.

크리스토퍼 로빈은 집 밖으로 나와 문 앞에 앉아서 커다란 장화를 신고 있었어. 푸는 커다란 장화를 보는 순간 곧 모험이 시작되리란 걸 알아챘어. 그래서 자기 코에 묻은 꿀을 앞발로 슥슥 닦아내고 최대한 말쑥하게 몸을 단장했어. 무슨 일이든 할 준비가 되어 있는 모습으로 보이고 싶었거든.

"안녕, 크리스토퍼 로빈."

푸가 외쳤어.

"안녕, 푸. 장화가 잘 안 들어가."

"저런."

"부탁인데 네 몸을 내게 기대줄 수 있을까? 장화를 너무 세게 잡아당기다 보면 뒤로 발라당 넘어지거든."

푸는 땅을 살짝 파서 두 발을 고정하고 그대로 앉았어. 그러고는 크리스토퍼 로빈과 등을 맞대고 잔뜩 힘을 주었어. 크리스토퍼 로빈은 푸의 등에 기대어 장화를 세게 잡아당겼고 마침내 장화가 크리스토퍼 로빈의 발에 쑥 들어갔지.

"장화는 다 됐네. 이제 다음엔 뭘 하면 돼?"

"우리 다 같이 탐험을 떠날 거야. 고마웠어, 푸."

크리스토퍼 로빈은 자리에서 일어나 몸을 툭툭 털면서 말했어.

"탐멍을 떠난다고? 탐멍은 한 번도 해본 적이 없는 것 같은데. 탐멍을 하려면 어디로 가야 해?"

"탐멍이 아니라 탐험. 암튼 바보 곰이야. 'ㅎ' 자가 들어간다고."

"아! 나도 알아."

사실 푸는 아직도 잘 몰랐어.

"우리 북극을 찾으러 갈 거야."

"아! 근데 북극이 뭐야?"

"그냥 네가 찾는 거야."

크리스토퍼 로빈은 대강 얼버무렸어. 사실 자기도 잘 몰랐거든.

"아! 알겠어. 곰들이 그걸 잘 찾을 줄 알려나?"

"물론이지. 곰들도 잘 찾고, 래빗과 캥거, 너희 모두 다 잘 찾을 수 있어. 이건 탐험이야. 탐험이란 바로 그런 거야. 다 같이 길게

줄을 서는 거. 다른 친구들에게도 어서 준비하라고 하는 게 좋겠
어. 그동안 나는 총의 상태를 확인할게. 그리고 다들 식량을 가져
와야 해."

"뭘 가져오라고?"

"먹을 것 말이야."

"아!"

푸는 기분이 좋아졌어.

"네가 '식량'이라고 말한 줄 알았어. 가서 친구들한테 전할게."

말을 마친 푸는 쿵쿵거리며 떠났어.

처음 마주친 친구는 래빗이었어.

"안녕, 래빗! 너 래빗 맞지?"

"내가 래빗이 아닌 것처럼 해볼게. 어떨지 한번 해보자."

"나 전할 말이 있어."

"그래, 내가 래빗한테 전해줄게."

"우리 다 같이 탐험을 떠날 거야. 크리스토퍼 로빈이랑!"

"그럼 뭘 하는 건데?"

"보트를 탄다든지 할 거야, 아마."

"아! 그런 거?"

"응. 그리고 우리 극을 찾으려고. 아니, 북이었나? 암튼 그걸 찾으러 떠나는 거야."

"그러니까 우리가?"

"응. 그리고 우리 그걸 챙겨가야 해. 식, 식… 그러니까 먹을 것 말이야. 뭔가 먹고 싶어질 수도 있으니까. 그럼 이제 난 피글렛한테 가볼게. 네가 이 소식을 캥거한테도 전해줄래?"

래빗과 헤어진 푸는 서둘러 피글렛의 집으로 향했어.

피글렛은 집 앞에 나와 즐거운 얼굴로 민들레 홀씨를 폴폴 불어 날리고 있었어. '그게' 과연 언제 이루어질까, 올해 아니면 내년일까, 아예 이루어지지 않는 건 아닐까 궁금해하면서 말이지. 그러다 '이루어지지 않는다'로 나왔지 뭐야. 그런데 막상 '그게'

뭐였는지 기억이 안 나서 기억하려고 애쓰다가, 결국 그게 뭐든
좋은 일은 아니었기를 바랐단다. 그러던 참에 푸가 찾아왔어.

"피글렛! 우리 탐험을 떠나기로 했어. 우리 다 먹을 것을 챙겨
서 뭘 찾으러 갈 거야."

"뭘 찾는데?"

피글렛이 걱정스러워하며 물었어.

"아! 그냥 뭘 찾을 거야."

"사나운 건 아니고?"

"크리스토퍼 로빈이 뭔가 사납다는 얘기는 안 했어. 그냥 'ㅎ'
자가 들어간다고만 했어."

"혀는 상관없어. 이빨이 문제지. 하지만 크리스토퍼 로빈이 간

다면 뭐든 상관없어."

피글렛이 진지하게 말했어.

잠시 뒤, 친구들 모두 숲속의 언덕에 모였어. 이제 탐명이 시작되었지. 일단 푸와 래빗이 왔고, 캥거가 루를 주머니에 넣어 데리고 왔어. 아울과 이요르도 왔지. 그리고 래빗의 친구들과 친척들이 줄의 맨 끝에 길게 섰어.

"난 오라고 한 적 없어. 쟤네들이 알아서 왔어. 매번 그렇다니까. 맨 뒤에 서면 되겠네. 이요르 뒤로 붙어서."

래빗이 태평하게 말했어.

"내가 하려는 말은, 이대로는 불안하다는 거야. 난 오고 싶지 않았어. 탐… 아무튼 푸가 말했던 그거 말이야. 의무감에 왔을 뿐이야. 어쨌든 난 여기 왔고, 내가 탐… 그것의 맨 마지막 차례였다면 줄의 맨 뒤에 서게 해줘. 안 그러면 내가 잠시 앉아서 쉬고 싶

을 때마다 래빗의 작은 친구들과 친척들을 우르르 옆으로 밀쳐 줘야 하잖아. 그럼 그건 탐… 그게 될 수가 없어. 그냥 혼란스러운 소음이 되고 말지. 자, 이게 내가 하고 싶은 말이야."

이요르가 말했어.

"이요르의 말이 무슨 뜻인지 알겠어. 내 의견을 말하자면…."

이번엔 아울이 말했어.

"누군가의 의견을 원하는 건 아니야. 그냥 너희 모두에게 말하고 싶었을 뿐이야. 우리가 북극을 찾으러 가든, '5월이면 나무 열매를 따러 가지' 놀이를 하든 나한테는 다 똑같아."

그때 줄 맨 앞쪽에서 누군가가 소리쳤어.

"출발!"

크리스토퍼 로빈이었어.

"출발!"

푸와 피글렛이 따라 소리쳤어.

"출발!"

아울도 소리쳤어.

"출발한다. 가봐야겠어."

래빗이 이렇게 말하고 부리나케 크리스토퍼와 함께하는 탐명대의 앞줄로 달려갔어.

"알았어. 출발하자고. 그 대신 이따 날 탓하는 일은 없었으면 좋겠어."

이요르가 말했어.

그렇게 친구들은 극을 찾아 떠났어. 길을 걸으며 서로 이런저런 이야기를 나눴지. 그런데 푸는 그러지 않았어. 혼자 노래를 만들고 있었거든.

"이게 1절이야."

준비를 마친 푸가 피글렛에게 말했어.

"무슨 1절?"

"내 노래."

"무슨 노래?"

"이 노래."

"어떤 노래?"

"음, 잘 들으면 들을 수 있을 거야, 피글렛."

"내가 잘 듣고 있지 않다는 건 어떻게 알아?"

푸는 딱히 대답을 못 하고 그냥 노래를 부르기 시작했어.

다 함께 극을 찾아 떠났다네.

아울과 피글렛과 래빗까지 모두 다 함께

찾아야 할 게 있대.

아울과 피글렛과 래빗까지 다들 그렇게 말했지.

이요르, 크리스토퍼 로빈, 푸,

그리고 래빗의 친구들과 친척들도 함께 떠났다네.

극이 어디에 있을지는 누구도 모른다네.

노래하자 헤이! 아울과 래빗과 모두를 위해!

"쉿! 지금 우리 '위험 지역'에 들어서고 있어."

크리스토퍼 로빈이 푸를 돌아보며 속삭였어.

"쉿!"

푸는 피글렛에게 신호를 보냈어.

"쉿!"

피글렛은 캥거에게 신호를 보냈어.

그리고 캥거는 아울에게 신호를 보냈어. 루는 혼자서 몇 번씩이나 "쉿!"이라고 아주 조그맣게 중얼거렸어.

"쉿!"

아울은 이요르에게 신호를 보냈어.

"쉿!"

이요르는 잔뜩 겁먹은 소리로 래빗의 친구들과 친척들에게 신호를 보냈어.

래빗의 친구들과 친척들은 다급하게 "쉿!" 하면서 맨 뒤쪽까지 신호를 전달했어. 그런데 마지막으로 따라오던 꼬마는 탐멍대 대원들이 모두 "쉿!" 하자 머릿속이 하얘져서 그만 땅이 푹 파인 곳에 머리를 박고 숨었어. 그리고 이틀을 꼬박 그대로 지내다가 위험한 상황이 끝났다 싶을 때쯤 다시 몸을 일으켰어. 그러고는 허겁지겁 집으로 돌아갔지. 꼬마는 그곳에서 숙모와 오래오래 조용히 살았단다. 그 꼬마의 이름은 알렉산더 비틀이었어.

친구들이 도착한 곳은 한 시냇가였어. 바위가 많은 높다란 둑 사이로 시냇물이 굽이치고 있었지. 크리스토퍼 로빈은 그곳이 얼마나 위험한지 한눈에 알아차렸어.

"여긴 숨어 있다가 급습하기 딱 좋은 장소야."

"그건 무슨 숲이야?"

푸가 피글렛에게 속삭였어.

"가시덤불 같은 건가?"

"오, 이런. 푸, 너 혹시 급습이 뭔지 모르는 건 아니지?"

아울이 잘난 체하는 말투로 물었어.

"아울, 푸가 딱 나만 들으라고 속삭인 거잖아. 네가 그렇게 끼어들 필요는…."

"급습은 말이지, 깜짝 놀라게 하는 거야."

"그래, 가시덤불도 우릴 깜짝 놀라게 하지."

푸가 말했어.

"내가 푸한테 설명하려고 했는데 말이야, 급습은 깜짝 놀라게 하는 거야."

피글렛이 말했어.

"누가 너한테 갑자기 달려들 때, 그걸 급습이라고 해."

아울이 말했어.

"급습은 말이야, 누가 너한테 갑자기 달려드는 걸 말해."

피글렛이 말했어.

푸는 이제 급습이 무슨 뜻인지 알았다며, 예전에 나무에서 떨어졌다가 가시덤불이 갑자기 달려들었던 적이 있다고 이야기했어. 그래서 온몸에 붙은 가시를 떼어내느라 엿새나 걸렸다고 덧붙였지.

"우리는 지금 가시덤불 이야기를 하는 게 아니잖아."

아울이 살짝 짜증이 난다는 듯 말했어.

"난 그 이야기를 하는 중인데."

친구들은 바위 위로 조심조심 건너뛰면서 시내를 거슬러 올라 갔어. 얼마쯤 가다 보니 시냇가 양옆으로 널찍하게 트인 곳이 나타났어. 거기엔 평평한 풀밭이 기다랗게 나 있었어. 친구들이 앉아서 쉬기 좋아 보였지. 크리스토퍼 로빈은 이 풀밭을 보자마자 "제자리에 서!"라고 외쳤어. 다 같이 풀밭에 앉아 쉬기로 했지.

"여기서 우리가 가져온 식량을 다 먹는 게 좋겠어. 짐 무게도 줄여야겠고."

"뭘 다 먹자고?"

푸가 물었어.

"우리가 가져온 먹을 것들 말이야."

피글렛이 짐을 풀며 말했어.

"좋은 생각이야."

푸도 같이 짐을 풀었어.

"다들 챙겨왔지?"

크리스토퍼 로빈이 입안 가득 우물거리며 물었어.

"나만 빼고. 언제나 그렇듯 말이지."

이요르가 울적한 얼굴로 주위를 둘러보며 계속 말했어.

"누구 혹시 엉겅퀴를 깔고 앉진 않았니?"

"나 그런 것 같아."

푸가 대답했어. 그러더니 바로 일어나서 앉았던 자리를 확인해 봤어.

"오! 진짜 맞았어. 그럴 줄 알았다니까."

"고마워, 푸. 자리를 비켜주면 좋겠는데."

이요르는 방금 푸가 앉았던 자리로 가서 엉겅퀴를 뜯어 먹기 시작했어.

"너희도 잘 알겠지만, 엉겅퀴 위에 마구 앉으면 엉겅퀴한테 좋을 게 하나도 없어."

이요르가 고개를 들더니 입안의 풀을 우물거리며 말했어.

"싱싱한 기운이 다 사라진다니까. 앞으로 다들 기억해줬으면 좋겠어. 조금만 더 깊이 생각해서 남을 배려하는 태도가 세상을 더 좋게 만든다고."

크리스토퍼 로빈은 점심을 다 먹자마자 래빗에게 뭔가를 속삭였어. 그러자 래빗은 "그래그래, 물론이지." 하고 대답했어. 그리고 둘은 그대로 시냇가 위쪽으로 걸어갔지.

"다른 친구들은 듣지 않았으면 좋겠더라고."

크리스토퍼 로빈이 말했어.

"그럼, 그럼."

래빗은 괜히 으쓱대며 말했어.

"그러니까, 내가 궁금해져서 말인데…. 래빗, 너는 아마 모를 것 같은데 말이야…. 혹시 북극이 어떻게 생겼는지 아니?"

"음, 지금 나한테 물어보는 거지?"

래빗은 콧수염을 쓰다듬으며 말했어.

"나 원래는 알았지. 근데 그냥 좀 까먹은 것 같아."

크리스토퍼 로빈이 대강 둘러댔어.

"이거 참 이상한 일이네. 나도 까먹었거든. 원래는 알았는데 말이야."

"그게 땅에 꽂힌 막대기 같은 게 아니었던가?"

"막대기인 건 분명하지. 북극the North Pole의 극pole은 막대기라는 뜻이니까, 막대기라면 아마 땅에 꽂혀 있을 거야, 그치? 땅이 아니면 또 어디에 꽂을 수 있겠어."(영어로 북극이 the North Pole이고 pole은 지구의 극 외에도 막대기라는 뜻이 있어서 크리스토퍼 로빈과 래빗이 각자 제멋대로 상상해서 대화하고 있다.—옮긴이)

"맞아. 나도 그렇게 생각해."

"근데 문제는 그 막대기가 어디 꽂혀 있느냐는 거야."

"그걸 우리가 지금 찾고 있는 거지."

크리스토퍼 로빈이 말했어.

둘은 다시 친구들이 있는 곳으로 돌아갔어. 피글렛은 풀밭에 누워 편안하게 자고 있었어. 루는 시냇물로 자기 얼굴과 발을 씻고 있었는데, 옆에서 캥거가 아주 자랑스러워하며 친구들에게 뭔가를 설명하고 있었어. 루가 태어나서 처음으로 혼자 씻고 있다는 이야기였지. 한편 아울은 그런 캥거의 옆에서 백과사전이니 진달래속 식물이니 어려운 단어를 잔뜩 섞어가며 자기 나름대로 재미있다고 생각하는 이야기들을 늘어놓았어. 캥거의 귀에는 제대로 들어오지도 않았지만.

"저렇게 씻는 건 문제가 있어. 요즘 저렇게 귀 뒤로 씻는 방식은 말이 안 된다고. 넌 어떻게 생각해, 푸?"

이요르가 투덜거리며 물었어.

"음, 내 생각에는…."

그런데 여기서 푸가 말하려던 생각은 우리가 영영 알지 못하게 됐어. 그 순간에 갑자기 루가 소리를 질렀고 첨벙하는 물소리가 났거든. 그리고 캥거가 기겁하며 비명을 질렀어.

"그만 좀 씻지."

이요르가 말했어.

"루가 물에 빠졌어!"

래빗이 외쳤어. 그리고 곧장 크리스토퍼 로빈과 함께 루를 구하기 위해 뛰어갔어.

"저 수영하는 것 좀 보세요!"

루는 웅덩이 한가운데에 빠진 채 소리를 질렀어. 그러다 갑자기 폭포에 휩쓸려 아래쪽에 있던 웅덩이로 떨어지고 말았어.

"괜찮니, 아가?"

캥거가 잔뜩 걱정되어 소리쳤어.

"네! 저 수영하느…."

　루는 말을 끝내기도 전에 또 폭포에 휩쓸려 아래쪽 웅덩이로 떨어졌어.

　다들 루를 돕기 위해 뭐라도 했어. 자고 있던 피글렛은 잠이 싹 달아나서는 폴짝폴짝 뛰며 연신 "아, 어떡해." 하며 수선을 피웠고, 아울은 갑작스러운 입수 상황에서는 머리를 물 위로 내놓고 있어야 한다며 구구절절 늘어놓았고, 캥거는 루가 흘러가는 대로 시냇가를 따라 뛰어가며 "정말 괜찮니, 아가?" 하고 소리쳤어. 그러면 루는 이 웅덩이 저 웅덩이 휩쓸려 다니는 와중에도 "저 수영하는 것 좀 보세요!"하고 외쳐댔지.

이요르는 아까 루가 처음 떨어졌던 웅덩이 앞에 서서 몸을 돌려 꼬리를 웅덩이 쪽으로 늘어뜨리고 있었어. 막상 등을 돌리고 선 이요르는 지금 무슨 난리가 벌어지는지도 모른 채 혼자 투덜대며 "이게 다 씻는 것 때문이잖아. 어쨌든 내 꼬리를 잡으렴, 꼬마 루야."하고 말했어.

그런 이요르의 옆을 급하게 지나친 건 크리스토퍼 로빈과 래빗이었어. 둘은 눈앞에 보이는 다른 친구들에게 들리도록 외쳤어.

"괜찮아, 루. 내가 갈게!"

크리스토퍼 로빈이 외쳤어.

"얘들아, 저 아래쪽 시냇가에 뭔가를 가져다가 가로질러 놓자!"

래빗이 소리쳤어.

그때 푸가 뭔가를 찾아왔어. 그건 아주 기다란 막대기였어. 푸는 앞으로 루가 떠내려올 웅덩이 두 개 앞서는 곳으로 가서 막대기를 들고 섰어. 이 순간 바로 캥거가 시내 건너편으로 달려가 푸가 시내를 가로질러 건네주는 막대기의 반대편 끝을 잡았지. 그렇게 둘은 막대기를 맞잡고 루가 떠내려오길 기다렸어. 마침내 루가 여전히 "저 수영하는 것 좀 보세요!"라고 소리치면서 나타나 막대기를 붙잡고 물 밖으로 기어 나왔단다.

"저 수영하는 거 봤어요?"

루가 신나서 떠들었어. 캥거는 그런 루를 타이르며 물기를 닦아줬어.

"푸, 저 수영하는 거 봤어요? 그게 수영이라는 거예요. 제가 방금 했던 거요. 래빗, 제가 방금 한 거 봤어요? 그게 수영이에요. 안녕, 피글렛! 여기요, 피글렛! 저 어땠어요? 수영한 거요! 크리스토퍼 로빈, 저 봤어요?"

그런데 크리스토퍼 로빈은 루의 말에 귀 기울이지 않았어. 푸를 쳐다보고 있느라 말이야.

"푸, 그 막대기 어디서 찾았어?"

푸는 제 손에 든 막대기를 들여다봤어.

"그냥 찾았어. 쓸모가 있을 것 같더라고. 그냥 어디서 주웠어."

"푸."

크리스토퍼 로빈은 진지한 얼굴로 말했지.

"탐험은 끝났어. 네가 북극을 찾은 거야!"

"오!"

푸가 외쳤어.

한편 이요르는 친구들이 그 자리로 돌아올 때까지도 시냇물에 꼬리를 담그고 앉아 있었단다.

"누가 루한테 서둘러 달라고 말해줄래?"

이요르가 외쳤어.

"내 꼬리가 차가워지고 있어서 그래. 굳이 말하고 싶진 않았는데 그냥 말하게 됐네. 불평하고 싶진 않은데 사실이 그런걸. 지금 내 꼬리가 너무 차갑거든."

"저 여기 있어요!"

루가 소리쳤어.

"어, 너 거기 있네."

"저 수영하는 거 봤어요?"

이요르는 시냇물에서 꼬리를 꺼내 이리저리 흔들어 물기를 털었어.

"이럴 줄 알았어. 감각이 안 느껴져. 마비됐다니까. 이제 끝났어. 마비됐다고. 음, 그래, 아무도 신경 쓰지 않는다면야 뭐 괜찮은 거겠지."

"불쌍한 이요르, 내가 말려줄게."

크리스토퍼 로빈이 손수건을 꺼내서 이요르의 꼬리를 말려주었어.

"고마워, 크리스토퍼 로빈. 내 꼬리를 알아주는 건 너밖에 없구나. 다른 애들은 몰라. 그게 문제라니까. 다들 상상력이 없어. 꼬리를 제대로 이해하지 못해. 그냥 몸 뒤쪽에 살짝 달린 것 정도로 여긴다니까."

"신경 쓰지 마, 이요르."

크리스토퍼 로빈이 최대한 힘주어 꼬리를 문지르며 말했어.

"어때, 좀 나아졌니?"

"아까보다는 꼬리가 잘 느껴지는 것 같아. 다시 내 꼬리로 돌아온 느낌이야. 무슨 말인지 네가 알지 모르겠다."

"안녕, 이요르."

푸가 막대기를 들고 이요르 쪽으로 다가오며 인사했어.

"안녕, 푸. 안녕하냐고 말해줘서 고마워. 근데 나 하루나 이틀 지나야 다시 쓸 수 있을 것 같아."

"뭘 다시 쓸 수 있다고?"

푸가 물었어.

"우리가 지금 말하고 있는 거."

"나 아무 말도 안 하고 있었는데."

푸가 어리둥절한 표정으로 말했어.

"내가 또 실수했네. 네가 내 꼬리가 마비된 걸 보고 안타깝다고, 뭐 도와줄 게 없냐고 묻는 줄 알았어."

"아, 아니었어."

푸는 잠시 생각해보다가 이요르에게 도움이 되는 쪽으로 슬쩍 말해주었어.

"아마 나 말고 다른 친구가 그렇게 말한 것 같아."

"아, 그럼 그 친구를 만나면 나 대신 고맙다고 전해줄래?"

푸는 난감해하며 크리스토퍼 로빈을 쳐다봤어.

"푸가 북극을 찾았어. 대단하지 않니?"

그때 크리스토퍼 로빈이 끼어들었어.

푸는 겸손한 눈빛으로 땅바닥만 쳐다봤어.

"찾은 거야?"

이요르가 물었어.

"응."

크리스토퍼 로빈이 대답했지.

"그게 우리가 찾던 게 맞아?"

"응."

이번에는 푸가 대답했어.

"오, 그래? 아무튼 비가 안 오고 끝났네."

이요르는 말했어.

친구들은 푸가 찾은 막대기를 땅에 꽂았어. 그리고 크리스토퍼 로빈이 이렇게 쓴 팻말을 막대기 위에 달아놨단다.

북극

발견자 푸

푸가 북극을 찾아냈다

    이제 친구들은 모두 집으로 돌아갔어. 잘은 모르겠지만 아마
루는 뜨거운 물에 목욕하고 곧장 잠자리에 들었을 것 같아. 한편
집으로 돌아간 푸는 오늘 자기가 이룬 일을 뿌듯해하면서 기운을
차릴 겸 간식을 챙겨 먹었지.

홍수에 갇혀버린
피글렛 구출 작전

비가 내렸어. 내리고 또 내렸지. 이런 비는 살면서 처음 본다고 피글렛은 혼자 중얼거렸어. 아, 피글렛이 몇 년이나 살아왔는지는 모르겠네. 서너 살쯤 되었으려나? 암튼 피글렛은 이렇게 많이 내리는 비는 본 적이 없었어. 그렇게 하루가 지나고 또 지났지.

피글렛은 창밖을 내다보며 생각했어.

"비가 내리기 시작했을 때 내가 푸의 집이나 크리스토퍼 로빈의 집, 아니면 래빗의 집에 있었더라면 그때부터 쭉 그 친구들이랑 지낼 수 있었을 텐데. 지금은 비가 그치기를 마냥 기다리는 외톨이가 되어버렸어."

피글렛은 푸가 자기 옆에 있다고 상상해보기로 했어.

"푸, 이런 비는 본 적 없지?"

푸는 이렇게 대답했을 거야.

"그러게, 피글렛. 정말 엄청난 비야."

또 피글렛은 이렇게 말하겠지.

"크리스토퍼 로빈이 다니는 길은 어떻게 되었으려나?"

그럼 푸가 또 말할 거야.

"래빗네 집은 지금쯤 물에 다 잠겼을지도 몰라. 불쌍한 래빗."

이렇게 둘이 이야기를 나눈다면 즐거울 텐데. 홍수처럼 흥미진진한 일이 생겨도 누군가랑 같이 이야기하지 못하면 별로 재미가 없잖아.

비가 이렇게나 쏟아지니까 사실 조금 흥미진진하긴 했어. 말라서 바닥을 드러냈던 도랑은 피글렛이 킁킁 냄새를 맡으며 즐겨 다니던 곳인데, 이제는 물이 차올라서 개울로 변했어. 또 피글렛이 첨벙거리며 건너던 개울은 강으로 변했어. 친구들이 신나서 뛰놀던 강둑은 그 너머로 강물이 다 넘쳐버렸어. 그 덕에 여기저기가 물바다가 되었지. 피글렛은 이제는 슬슬 자기 방 침대에까지 물이 들이닥치지 않을까 걱정이 됐어.

"조금 불안하네."

피글렛은 혼자 중얼거렸어.

"나처럼 몸집이 자그만 동물이 홍수에 꼼짝없이 갇히는 일이 생기다니. 크리스토퍼 로빈이랑 푸는 나무를 타고 올라가 피신할 테고, 캥거는 펄쩍펄쩍 뛰어서 달아날 거야. 래빗은 굴을 파서 숨으면 되잖아. 아울은 훨훨 날아가면 되고. 이요르는 음, 엄청 시끄러운 소리를 내면서 도움을 청할 수 있겠지. 하지만 지금 나는 홍

수에 갇혀서는 아무것도 못 하고 있잖아."

비는 계속 쏟아졌어. 날마다 물이 조금씩 더 불어났지. 그러다 결국 피글렛의 집 창문 바로 아래까지 물이 차올랐어. 피글렛은 여전히 아무것도 못 하고 있었고.

"푸라면 어떨까?"

피글렛은 생각에 잠겼어.

"푸는 머리가 별로 좋진 않아. 그렇지만 푸한테 나쁜 일이 생긴 적은 없었어. 바보처럼 굴지만 결국엔 다 잘 되더라니까. 음, 아울은 어떠려나? 아울도 딱히 머리가 좋은 편은 아닌데 아는 게 많아. 홍수에 갇히면 어떻게 해야 하는지 제대로 알고 있을 거야. 또 래빗은 어떨까? 래빗은 책을 많이 읽진 않는데 늘 기발한 방법을 잘 떠올리더라. 그리고 캥거는? 뭐, 캥거가 그리 똑똑하진 않지. 하지만 루 때문에 걱정이 많아서 금방 좋은 방법을 찾아낼 거야. 아, 이요르는? 늘 우울해하는 이요르라면 홍수 정도는 별로 신경 안 쓰겠지. 그럼 크리스토퍼 로빈은 어떻게 할까?"

그때 갑자기 피글렛의 머릿속에 크리스토퍼 로빈이 해준 이야기 하나가 떠올랐어. 한 남자가 무인도에서 쓴 편지를 유리병에 담아 바다에 띄워 보냈다는 이야기였지. 피글렛은 자기도 유리병에 편지를 담아 물에 띄워 보낸다면 누군가가 구하러 올 수도 있겠구나 싶었어!

피글렛은 창가를 벗어나 집 안 곳곳을 뒤지기 시작했어. 물에 잠기지 않은 건 다 뒤적여봤지. 마침내 연필 한 자루와 젖지 않은 종이 한 장, 코르크 마개가 있는 유리병을 찾아냈어. 피글렛은 종이에 이렇게 썼어.

도와줘!
피글렛(나)

그리고 종이 뒷면에는 이렇게 썼지.

나야, 피글렛이야. 도와줘, 도와줘.

피글렛은 다 쓴 종이를 유리병에 넣고 코르크 마개를 최대한 꽉 막았어. 그리고 창가로 가서 최대한 몸을 쑥 내밀고는 할 수 있는 한 멀리 유리병을 휙 던졌어. 풍덩! 잠시 뒤 유리병이 물 위로 쑥 올라왔어. 그리고 그대로 천천히 둥둥 떠내려갔지.

피글렛은 멀어지는 유리병을 눈이 다 아플 만큼 지켜보고 또 지켜보았어. 저게 유리병이겠지 싶다가도 그냥 잔물결인가 싶기

도 했어. 그러다 어느 순간 알았지. 이제 다시는 그 유리병을 볼 일은 없겠구나. 이제 여기서 구출되기 위해 내가 할 수 있는 일은 다 했구나.

"이제부터는 누군가가 나서줘야 해. 그게 너무 늦지 않았으면 좋겠다. 안 그러면 내가 헤엄쳐서 여길 나가야 할 텐데, 난 헤엄칠 줄 모른단 말이야. 그러니 어서 서둘러주면 좋겠어."

피글렛은 길고 긴 한숨을 푹 쉬었어. 그러더니 말했어.

"푸가 지금 내 곁에 있다면 좋을 텐데. 둘이 함께 있으면 훨씬 마음이 편안해지니까."

비가 내리기 시작했을 때 푸는 잠들어 있었어. 비가 내리고, 내리고, 또 내리는 동안에 푸는 자고, 자고, 또 잤어. 피곤한 하루를 보낸 참이었거든. 푸가 어떻게 북극을 찾아냈는지 기억나지? 푸는 그게 얼마나 자랑스러웠는지 몰라. 그래서 크리스토퍼 로빈에게 또 물어봤지. 머리가 별로 좋지 않은 곰도 찾아갈 수 있는 극이 더 있는지 말이야.

크리스토퍼 로빈은 대답했어.

"남극이 또 있어. 그리고 사람들이 별로 이야기를 안 하긴 하는데, 동극이랑 서극도 있을 거라고 난 생각해."

푸는 크리스토퍼 로빈의 말을 듣고 잔뜩 신이 나서 동극을 찾아 탐험을 떠나자고 했어. 하지만 그때 크리스토퍼 로빈은 캥거랑 할 일이 있었어. 결국 푸 혼자 동극을 찾아 떠났지. 푸가 진짜 동극을 찾았는지는 나도 기억이 안 나. 어쨌든 그날 집으로 돌아온 푸는 몹시 지쳐 있었어. 그래서 30분쯤 넘게 저녁 식사를 하던 도중에 그만 식탁 의자에 앉은 채로 까무룩 잠들어버렸어. 그대로 쿨쿨 자고 또 잤지.

잠이 든 푸는 어느 순간부터 꿈을 꾸기 시작했어. 꿈에서 푸는 동극에 가 있었어. 아주아주 차가운 눈과 얼음으로 온통 뒤덮인 추운 곳이었지. 푸는 벌집을 하나 발견해서 그 안에 들어가 자기로 했어. 그런데 벌집이 워낙 좁아서 다리가 들어갈 자리가 없었어. 그래서 그냥 다리를 벌집 밖에 내놓고 있었어.

그런데 갑자기 동극에 사는 야생 우즐들이 찾아와 푸의 다리에 난 털을 몽땅 뜯어가기 시작했어. 새끼 우즐들을 위한 둥지를 만들어야 한다나. 우즐이 털을 뜯어갈 때마다 점점 다리는 얼어붙을 듯 차가워졌고, 그러다 어느 순간 "아얏!" 하고 소리를 지르며 꿈에서 깼어. 알고 보니 의자에 앉아 잠든 푸의 발이 물속에 잠겨 있었지 뭐야. 주위가 온통 물바다였어!

푸는 첨벙거리며 문으로 다가가 밖을 내다봤는데….

"이거 심각한걸. 여기서 탈출해야 해."

푸는 일단 가장 큰 꿀단지를 챙겨 나왔어. 물에 닿지 않을 만큼 높이 달린 굵은 나뭇가지를 찾아서 그 위에 꿀단지를 안전하게 옮겨놓았지. 그리고 나무에서 내려와 집으로 가서 또 다른 꿀단지를 챙겨서 나왔지. 그렇게 꿀단지들은 모두 안전하게 옮겨졌

어. 나뭇가지 위에 두 다리를 대롱대롱 내놓고 앉은 푸의 곁에는 꿀단지 열 개가 조르르 놓여 있었단다.

이틀 뒤, 나뭇가지 위에 두 다리를 대롱대롱 내놓고 앉은 푸의 곁에는 꿀단지 네 개가 조르르 놓여 있었단다….

사흘 뒤, 나뭇가지 위에 두 다리를 대롱대롱 내놓고 앉은 푸의 곁에는 꿀단지 한 개만이 놓여 있었단다….

나흘 뒤, 나뭇가지 위에 두 다리를 대롱대롱 내놓고 앉은 푸의 곁에는….

나흘째 되던 날 아침이었어. 피글렛이 띄운 병이 푸의 옆에서 둥실둥실 떠가고 있었어. 푸는 "꿀이다!" 하고 소리치며 물속으로 풍덩 뛰어들었어.

병을 건져낸 푸는 낑낑대며 나뭇가지 위로 돌아갔지.

"이런! 쓸데없이 쫄딱 젖기만 했네."

병을 열어본 푸는 꿀이 아니라는 걸 알았어.

"어, 근데 이 종이쪽지는 뭐지?"

푸는 병 속에 든 종이쪽지를 꺼내 살펴보았어.

"누군가의 미시지야(푸가 메시지를 미시지로 읽고 있다.—옮긴이). 맞아, 그거야. 글자 중에 'ㅍ'이 있네. 여기도 있고, 저기도 있고. 'ㅍ'은 푸를 썼다는 뜻이야. 그러니까 이건 누군가가 내게 보내는 아주 중요한 미시지가 맞아. 근데 난 읽을 수가 없네. 크리스토퍼 로빈이나 아울이나 피글렛을 찾아야겠어. 글자를 잘 읽는 똑똑한 친구가 대신 이걸 보고 무슨 미시지인지 알려주겠지. 아, 근데 내가 수영을 못 하네. 이런!"

그러다 문득 아이디어가 떠올랐어. 사실 머리가 별로 안 좋은 푸가 떠올렸다고 하기엔 꽤 괜찮은 아이디어였지. 푸는 혼자 이렇게 중얼거렸어.

"병이 물에 뜬다면 단지도 물에 뜨겠지? 그럼 단지를 물에 띄워서 그 위에 내가 앉으면 되잖아. 단지가 꽤 커야겠지만."

푸는 가장 큰 단지를 꺼내서 입구를 코르크 마개로 잘 닫았어.

"배라면 꼭 이름을 달아주어야 한다고. 이제부터 '둥실 곰 호'라고 부르겠어."

푸는 이렇게 말하며 둥실 곰 호를 물에 던져 띄웠어. 그리고 뒤

따라 물속으로 뛰어들었어.

그런데 처음에 푸는 둥실 곰 호를 붙들고 어느 쪽이 위로 올라가는 게 좋을지 몰라 갈팡질팡했어. 이렇게 저렇게 시도한 끝에

마침내 둥실 곰 호 위에 올라타게 되었지. 의기양양하게 배 위에 올라탄 푸는 두 발로 힘차게 노를 젓기 시작했어.

크리스토퍼 로빈의 집은 숲속에서 가장 높은 자리에 있었어. 비가 그토록 오고 또 왔지만 크리스토퍼 로빈의 집까지는 물이 차오르지 않았단다. 골짜기들을 내려다보며 사방에 물이 차오르는 풍경을 보는 건 재미있기도 했어. 그런데 비가 너무 세차게 오는 바람에 크리스토퍼 로빈은 하루 대부분을 집 안에서 보내며 이런저런 생각에 빠졌지.

크리스토퍼 로빈은 매일 아침 우산을 쓰고 밖으로 나가 물이 차오른 지점에 나뭇가지를 꽂아놨어. 그런데 다음 날 아침에 가

보면 어제 꽂아둔 나뭇가지는 찾아볼 수가 없었어. 그럼 또 그날 물이 차오른 지점에 새 나뭇가지를 꽂아놓고 집으로 돌아왔지. 매일 아침 이렇게 반복했는데, 물이 차오른 지점까지 걸어야 하는 길이 점점 짧아졌어. 닷새째 아침이 되자 마침내 크리스토퍼 로빈의 집 근처까지 온통 물바다가 되어버렸어. 난생처음 진짜 섬에서 살아보게 된 거야. 그건 정말 신나는 일이었어.

그날 아침이었어. 아울이 물 위를 날아서 친구 크리스토퍼 로빈에게 "잘 지내니?" 하고 인사하러 왔어.

"있잖아, 아울. 재밌지 않아? 나 지금 섬에서 살고 있잖아!"

"최근에 대기 상태가 썩 원만하지 못하네."

"뭐라고?"

"비가 계속 오고 있다고."

"응, 그렇지."

"수위가 전례 없는 수준까지 높아졌어."

"뭐라고?"

"물이 많이 불어났다고."

"응, 맞아."

"그래도 상황이 빠르게 호전될 전망이야. 또 언제든…."

"푸 봤니, 아울?"

"아니. 근데 또 언제든⋯."

"푸한테 별일 없었으면 좋겠다. 잘 있는지 궁금해. 아마 피글렛
이랑 같이 있을 것 같아. 둘이 잘 지내고 있을까, 아울?"

"그러지 않을까? 근데 있잖아, 또 언제든⋯."

"가서 보고 와줄래, 아울? 푸는 머리가 별로 좋지 못하잖아. 또
무슨 바보 같은 일을 벌였을지도 몰라. 난 푸를 정말 좋아하는데
말이야. 무슨 말인지 알겠지, 아울?"

"알았어. 가서 보고 바로 올게."

아울이 출발했어. 그리고 얼마 지나지 않아 돌아왔어.

"푸가 없어."

아울이 말했어.

"없다고?"

"거기 없더라고. 푸가 집 앞 나무 위에 앉아 있었거든. 꿀단지

아홉 개랑 같이. 그런데 지금은 없어.”

“어떡해, 푸! 어디 간 거야!”

크리스토퍼 로빈이 소리쳤어.

“나 여기 있어.”

크리스토퍼 로빈의 등 뒤에서 누군가가 말했어.

“푸!”

둘은 곧장 달려가 서로를 꼭 안아주었어.

“어떻게 여기까지 왔어, 푸?”

푸가 이야기할 준비가 되자 크리스토퍼 로빈이 물었어.

“내 배를 타고 왔지.”

푸는 의기양양한 얼굴로 이야기하기 시작했어.

"누가 병에 매우 중요한 미시지를 담아서 나한테 보냈더라고. 근데 물이 들어가는 바람에 그 미시지를 읽을 수가 있어야지. 그 래서 너한테 갖고 왔지. 내 배를 타고 말이야."

자랑스럽게 이야기를 마친 푸는 크리스토퍼 로빈에게 미시지 가 적힌 종이쪽지를 건넸어.

"이건 피글렛이 보낸 거야!"

종이쪽지를 다 읽고 난 크리스토퍼 로빈이 소리쳤어.

"거기 푸에 관한 이야기는 없어?"

푸가 어깨너머로 슬쩍 들여다보며 물었어.

크리스토퍼 로빈은 큰 소리로 종이쪽지의 내용을 읽었어.

"아, 거기에 있는 'ㅍ'이 피글렛의 'ㅍ'이었어? 난 또 '푸'인 줄 알았잖아."

"우리 당장 피글렛을 구해야 해! 난 피글렛이 너랑 같이 있는 줄 알았어, 푸. 아울, 네가 가서 피글렛을 등에 태워 올 수 있을 까?"

"아무래도 어려울 것 같아. 등 근육이 필요할 텐데 그게…."

아울이 심각하게 고민하더니 말했어.

"그럼 지금 피글렛한테 가서 구조대가 갈 거라고 말해줄래? 나 랑 푸가 어떻게 구조할 수 있을지 생각해보고 최대한 빨리 갈게.

아, 그냥 아무 말 말고 바로 출발해줘, 아울!"

역시나 아울은 뭔가 할 말이 더 있었지만 일단 출발했어.

"푸, 배는 어디 있어?"

크리스토퍼 로빈이 물었어.

"사실 말이지."

둘이서 물가까지 걸어가는 길에 푸가 설명하기 시작했어.

"그냥 평범한 배가 아니야. 배는 맞는데 우연히 만들어지긴 했어. 상황에 따라 달라지는 배야."

"상황에 따라 달라진다고?"

"내가 배 위에 있느냐 아래에 있느냐에 따라 달라져."

"아! 그렇구나. 어디 있어?"

"저기!"

푸가 자랑스럽게 둥실 곰 호를 가리키며 말했어.

사실 크리스토퍼 로빈이 기대한 배의 모습은 아니었지. 그래도 가만히 보면 볼수록 푸가 정말 용감하고 똑똑한 곰이구나 싶은 거야. 이렇게 크리스토퍼 로빈이 생각하는 동안 푸는 얌전히 자기 코만 내려다보면서 아무렇지 않은 척하려고 애썼지.

"근데 우리 둘이 타기엔 너무 작다."

크리스토퍼 로빈이 안타까워하며 말했어.

"피글렛까지 셋이 타야 해."

"그럼 더 안 되겠지? 푸, 우리 어떻게 하면 좋을까?"

자, 우리의 곰, 피벗(피글렛의 벗)이자 래동(래빗의 동료), 극발(극의 발견자), 이위이자 이꼬(이요르를 위로하고 꼬리를 찾아준 친구)인 위니 더 푸가 이렇게 똑똑한 생각을 해내다니…. 크리스토퍼 로빈은 입이 다물어지지 않았고 푸에게서 눈을 뗄 수가 없었어. 오랫동안 알고 지낸 사랑스러운 곰, 사실 머리가 별로 좋지 않았던 내 친구 푸가 정말 맞는지 의심스러울 정도였어.

"우리 우산을 타고 가면 어때?"

이게 푸가 한 말이야.

"?"

"우산을 타고 가자고."

"??"

"우산을 타고 가면 되잖아."

"!!!!!!"

크리스토퍼 로빈은 그제야 퍼뜩 이해했어. 얼른 우산을 가져다가 뒤집은 채 물에 띄웠지. 둥실 잘 뜨긴 했는데 기우뚱거렸어. 푸가 일단 타봤어. 괜찮다고 딱 말하려던 차에 그만 그게 아님을 알게 되었지 뭐야. 원치 않게 물만 먹고 겨우 크리스토퍼의 곁으로

돌아올 수 있었어. 그래서 이번에는 둘이 동시에 같이 우산에 타 보기로 했어. 다행히 우산은 더 이상 흔들리지 않았지.

"난 이 배를 '푸의 천재적인 지능 호'라고 부르겠어."

크리스토퍼 로빈이 말했어. 푸의 천재적인 지능 호는 부드럽게 빙그르르 돌며 남서쪽으로 항해를 떠났어.

피글렛이 푸의 천재적인 지능 호를 처음 봤을 때 얼마나 기뻐 했을지 너도 짐작할 수 있을 거야. 훗날 피글렛은 끔찍한 홍수 탓 에 엄청난 위험에 처했던 그때의 기억을 떠올리길 좋아했단다. 그런데 사실 피글렛이 진짜 위험에 처했던 순간은 피글렛이 갇혀

있던 때의 마지막 30분뿐이었어. 그러니까 아울이 피글렛의 집
나뭇가지에 앉아서 피글렛을 위로할 때였는데, 아울은 실수로 갈
매기의 알을 낳은 적이 있다는 숙모에 관한 아주 긴 이야기를 들
려줬고, 그 이야기는 끝날 줄 모르고 계속되었고, 지금 이 문장처
럼 말이지, 맥없이 창가에 앉아 아울의 이야기를 듣던 피글렛은
슬며시 잠이 드는가 싶더니, 그만 천천히 창밖으로 몸이 미끄러
지면서 물이 차오른 아래로 떨어질 듯 말 듯 발끝으로 창틀에 매

달렸는데, 다행히 그 순간 아울이 갑자기 꽥 소리를 질렀고, 그건 사실 이야기의 일부로서 숙모가 지른 소리였지만, 어쨌든 피글렛은 그 덕분에 잠이 깨서 도로 안전하게 몸을 가눌 수 있었고, 그 와중에 "흥미로운 이야기네. 정말 그랬어?" 하고 중얼댔단다. 그랬던 피글렛이 마침내 배를 봤을 때 얼마나 기뻐했을지 너도 짐작할 수 있을 거야. 푸의 천재적인 지능 호(선장 C. 로빈, 일등 항해사 P. 곰)가 바다를 건너 자기를 구하러 온 거야. 크리스토퍼 로

빈과 푸의 등장이었지….

　이 이야기는 여기까지야. 그나저나 방금 엄청나게 긴 문장으로 설명하느라 아주 피곤한걸. 자, 이쯤에서 마무리해야겠어.

푸를 위한 파티,
그리고 마지막 인사

햇살이 산사나무 꽃의 향기를 몰고 숲으로 돌아온 날이었어. 본래의 고운 모습을 되찾은 시냇물들은 맑은 소리를 내며 즐겁게 흐르고, 작은 웅덩이들은 예전의 활기 넘쳤던 광경과 떠들썩했던 소동에 관한 꿈을 꾸고 있었어. 따뜻하고 고요한 숲속의 뻐꾸기 한 마리가 노랫소리를 가다듬으며 마음에 드는 소리가 잘 나는지 확인하는 중이었고, 산비둘기 여럿이 느긋하게 모여 누구 잘못이네 아니네 하며 투덜대고 있었는데 그다지 중요한 문제는 아니었어. 그런 날들 중 어느 하루, 크리스토퍼 로빈이 자기만의 특별한 휘파람으로 신호를 보냈어. 100에이커 숲에 있던 아울은 무슨 일인지 알아보러 크리스토퍼 로빈에게 날아갔지.

"아울, 나 파티를 열 거야."

크리스토퍼 로빈이 말했어.

"네가 연다는 말이지?"

아울이 되물었어.

"이건 좀 특별한 파티가 될 거야. 푸가 홍수 때 피글렛을 구했

던 일을 생각하다 파티를 열어야겠다고 마음먹었거든."

"아, 그렇게 마음먹었구나, 그치?"

"응. 그래서 말인데, 되도록 빨리 푸에게 가서 이 소식을 전해줄래? 그리고 다른 친구들 모두에게도. 내일 파티를 열 생각이거든."

"아, 내일 열 생각이구나, 그치?"

아울은 어떻게든 도움이 되고 싶은 마음이었어.

"그럼 친구들에게 가서 전해줄래, 아울?"

아울은 뭔가 똑똑해 보이는 한마디를 해주고 싶었는데 생각이 잘 안 났어. 일단 어서 친구들에게 날아가 소식을 전하기로 했지. 제일 먼저 소식을 전하게 된 친구는 바로 푸였어.

"푸, 크리스토퍼 로빈이 파티를 열 거래."

아울이 말했어.

"오!"

푸가 외쳤어. 그런데 아울이 뭔가 더 기대하는 눈치여서 한마디 더 해봤어.

"분홍색 아이싱을 바른 작은 케이크 같은 것도 있으려나?"

아울은 분홍색 아이싱을 바른 작은 케이크 이야기 같은 걸 했다간 품위가 떨어질 수 있다고 생각했어. 그래서 그냥 크리스토

퍼 로빈이 말한 내용만 딱 전달하고 이요르에게 날아갔지.

"날 위한 파티라고? 그거 정말 멋진데!"

푸는 혼자 생각에 잠겨 다른 친구들도 이 파티가 푸를 위한 특별한 파티라는 사실을 아는지, 푸가 직접 만들고 탔던 훌륭한 배들인 둥실 곰 호와 푸의 천재적인 지능 호에 관한 이야기를 크리스토퍼 로빈이 다른 친구들에게 들려줬는지 궁금해졌어. 또 혹시라도 친구들이 그때의 일을 다 잊어버리고 이 파티가 누구를 위한 파티인지도 전혀 모른다면 얼마나 속상할지도 상상해봤지. 그럴수록 푸의 머릿속에서 이미 이 파티는 엉망진창이 되었고 마치 뭐 하나 제대로 되는 게 없는 꿈을 꾸는 기분이었어. 그 꿈은 머릿속에서 노래가 되어 어느새 한 곡으로 완성되었어.

<불안한 푸의 노래>

푸를 위하여 만세 삼창!

(누구를 위한다고?)

푸를 위하여….

(왜? 푸가 뭘 했는데?)

너도 알 텐데.

푸가 물에 잠길 뻔한 친구를 구했어!

푸를 위하여 만세 삼창!

(어디를 위한다고?)

곰을 위하여….

푸는 수영을 못 해.

하지만 친구를 구했지!

(푸가 누구를 구했다고?)

아, 잘 좀 들어봐!

푸 이야기를 하고 있잖아….

(누구 이야기?)

푸 이야기!

(미안, 자꾸 잊어버리네.)

음, 푸는 대단히 머리가 좋은 곰이거든.

（다시 말해줄래?）

대단히 머리가 좋다고….

（대단히 뭐?）

음, 푸는 많이 먹지.

그리고 수영할 줄 아는지 모르겠는데

어떤 배를 타고

둥둥 떠다니는 걸 해냈어.

（어떤 뭐?）

음, 단지 같은 건데….

자, 이제 푸에게 진심 어린 만세를 세 번 외쳐주자.

（자, 이제 푸에게 진심 어린 무엇을 세 번 외쳐주자고?）

또 우리 같이 오래오래 함께하길,

건강하고 현명하고 풍요롭게 살길 기원해주자!

푸를 위하여 만세 삼창!

（누구를 위하여?）

푸를 위하여….

푸를 위하여 만세 삼창!

（어디를 위하여?）

곰을 위하여….

멋진 위니 더 푸를 위하여 만세 삼창!

(누가 좀 말해줘. 대체 푸가 뭘 했는데?)

푸가 머릿속으로 계속 이 노래를 부르던 그 시간에, 아울은 이 요르에게 소식을 전하고 있었어.

"이요르, 크리스토퍼 로빈이 파티를 연대."

아울이 말했어.

"아주 좋겠는데. 나한테는 밟아서 뭉개진 부스러기나 주겠지 만. 친절하고 사려 깊기도 하지. 그만해. 됐어."

"널 정식으로 초대하는 거야."

"뭐 어쨌다고?"

"초대!"

"응, 들었어. 누가 그걸 흘렸대?"

"초대란 먹는 게 아니라니까. 너한테 파티에 와달라는 말이야. 바로 내일."

이요르는 느릿느릿 고개를 저었어.

"너 피글렛 말하는구나. 팔랑대는 귀가 달린 조그만 친구. 그건

피글렛이야. 내가 피글렛한테 전해줄게."

"아니, 아니! 너 말이야!"

아울은 슬슬 짜증이 났어.

"정말이야?"

"그렇다니까. 정말이라고. 크리스토퍼 로빈이 친구들 모두에게 말해달라고 했어. 모두에게."

"친구들 모두? 이요르 빼고?"

"친구들 모두."

아울이 뚱한 얼굴로 대답했어.

"아! 실수한 게 확실해. 뭐, 어쨌든 그냥 갈게. 비가 온다고 날 탓하지만 말아줘."

하지만 비는 오지 않았어. 크리스토퍼 로빈은 길쭉하게 생긴 목재들로 기다랗게 테이블을 만들었고, 친구들 모두 그곳에 둘러앉았어. 크리스토퍼 로빈이 식탁의 끝자리에 앉고 반대편 끝자리에 푸가 앉았어. 그리고 길게 난 자리 한편에 아울과 이요르, 피글렛이 앉았고 그 맞은편에 래빗과 루, 캥거가 앉았어. 래빗의 친구들과 친척들도 왔어. 다들 잔디밭에 흩어져 앉아서 혹시 누가 말 걸어주지 않을지, 뭐든 떨구고 가진 않을지, 하다못해 시간이라도 물어보지나 않을지 기대에 차서 기다렸단다.

루한테 오늘은 태어나서 처음으로 파티에 참석한 날이었어. 잔뜩 신이 난 루는 식탁에 앉자마자 떠들기 시작했어.

"안녕, 푸!"

루는 푸에게 인사했어.

"안녕, 루!"

푸도 루에게 인사했지.

루는 자리에 가만있지 못하고 엉덩이를 들썩거렸어. 그러다 다시 입을 열었어.

"안녕, 피글렛!"

루는 피글렛에게 인사했어. 피글렛은 그때 분주해서 말할 틈이 없었던 터라 루를 향해 앞발을 흔들어줬어.

"안녕, 이요르!"

루가 이요르에게 인사했어. 이요르는 울적한 얼굴로 고개만 끄덕였어. 그리고 중얼거렸지.

"곧 비가 올 거야. 어디 한번 보라고."

루는 비가 오는지 안 오는지 한번 지켜봤어. 하지만 비는 오지 않았지. 그래서 다시 친구들에게 인사하기 시작했어.

"안녕, 아울!"

"안녕, 꼬마 친구."

아울은 친절하게 같이 인사해준 뒤, 크리스토퍼 로빈에게 들려주던 이야기를 계속했어. 크리스토퍼 로빈이 모르는 아울의 친구에게 하마터면 일어날 뻔했던 사고에 관한 이야기였어.

"루, 우유 다 마신 다음에 말하렴."

캥거가 루에게 말했어. 그래서 루는 우유를 마시기 시작했는데 도중에 자기는 우유 마시면서 말도 할 수 있다고 하려다가 그만…. 결국 캥거가 캑캑거리는 루의 등을 한참이나 두드려주고 흘린 우유도 닦아내야 했단다.

이제 다들 먹을 만큼 먹었을 무렵, 크리스토퍼 로빈이 숟가락으로 테이블을 두드렸어. 그러자 다들 하던 이야기를 멈추고 조

용해졌어. 방금 요란하게 딸꾹질하고 난 루만 빼고. 그런데 정작 루는 그게 래빗의 친척 중 하나가 낸 소리라는 듯 시치미를 뚝 떼고 있었지.

"이 파티는 누군가가 한 일을 생각하며 준비했어. 우리 모두 그게 누군지는 잘 알지? 이건 그 친구를 위한 파티야. 그리고 선물을 하나 준비했어. 바로 이거야."

말을 마친 크리스토퍼 로빈은 주위를 더듬더듬 살피다가 작게 중얼거렸어.

"선물이 어디 갔지?"

크리스토퍼 로빈이 계속 선물을 찾는데 갑자기 이요르가 눈에 띄게 헛기침을 하더니 모두를 향해 말하기 시작했어.

"친구들 그리고 기타 등등 여러분, 제 파티에 와주셔서 참으로 기쁩니다. 아니, 현재까지는 어쨌든 기쁜 일이었다고 말씀드리는 게 낫겠군요. 어쨌든 제가 한 일이란 게 사실 대단치 않습니다. 여러분 누구라도 똑같이 했을 겁니다. 래빗과 아울, 캥거는 제외하고 말이죠. 아, 푸도요. 물론 피글렛과 루는 언급 대상이 되지 못하고요. 둘은 몸집이 너무 작아서 말이죠. 여러분 누구라도 똑같이 했을 겁니다. 어쩌다 보니 저였을 뿐이죠. 그리고 뭐 굳이 말할 필요 없겠지만, 크리스토퍼 로빈이 지금 찾고 있는 그걸 탐내는 마음에 한 일은 전혀 아니었답니다."

잠시 말을 멈춘 이요르가 앞발로 입가를 가리며 다 들리도록 속삭였어.

"테이블 밑을 한번 보시죠."

그러고는 친구들을 바라보며 다시 말했지.

"제가 그 일을 한 건, 도움이 필요한 친구가 있다면 우리가 할 수 있는 일을 해야 한다고 생각하기 때문입니다. 우리는 모두…."

"딸꾹!"

별안간 루가 딸꾹질을 했어.

"루!"

캥거가 나무라듯 루의 이름을 불렀어.

"저였어요?"

루가 좀 놀랐다는 듯 말했어.

"이요르가 지금 뭐라는 거야?"

피글렛이 푸에게 속삭였어.

"모르겠어."

푸가 울적해진 얼굴로 말했어.

"난 널 위한 파티인 줄 알았는데."

"나도 그런 줄 알았어. 근데 아닌가 봐."

"이요르보단 널 위한 파티인 게 더 나은데."

"나도 그래."

푸가 끄덕였어.

"딸꾹!"

루가 또 딸꾹질을 했어.

"앞서 말했던 대로, 그러니까 온갖 소음으로 방해를 받으면서
도 제가 앞서 말했던 대로, 저는…."

"여기 있다!"

크리스토퍼 로빈이 신나서 소리쳤어.

"이걸 우리의 바보 곰 푸에게 전달해줄래? 푸를 위한 선물이야."

"푸를 위한 선물이라고?"

이요르가 물었어.

"그럼! 세상에서 제일 멋진 곰, 푸를 위한 선물이지."

"진작 알았어야 했는데…. 어쨌든 불평할 순 없어. 나한텐 친구들이 있잖아. 어제만 해도 나한테 말 걸어준 친구도 있었고. 또 지난주였나 지지난주였나 래빗이 나랑 부딪혀서 '이런!' 하고 소리쳤던 일도 있었고. 여럿이서 한데 어울리다 보면, 항상 무슨 일인가 일어나곤 하지."

아무도 이요르의 말을 듣지 않았어. 다들 푸에게 달려들어 "어서 열어봐, 푸!", "선물 뭐야, 푸?", "뭔지 알겠는걸", "네가 어떻게 알아" 하고 한마디씩 거드느라 바빴거든. 푸는 바삐 선물 포장을 풀고 있었는데, 그 와중에도 포장 끈은 그냥 잘라내지 않았어. 그런 종류의 끈은 언제 또 쓸모가 있을지 알 수 없거든. 마침내 포장을 다 풀었어.

푸는 선물을 확인하자마자 너무나 기뻐서 그대로 주저앉을 뻔했지 뭐야. 선물은 바로 푸를 위한 특제 필통이었어. 필통 안에는 '곰Bear'의 'B'를 새긴 연필들, '도움 주는 곰Helping Bear'의 'HB'

를 새긴 연필들, '용감한 곰Brave Bear'의 'BB'를 새긴 연필들이 있

었어. 또 연필을 뾰족하게 다듬어주는 연필깎이 칼, 글씨를 잘못

썼을 때 언제든 깨끗이 지울 수 있는 지우개, 반듯한 글씨를 쓰기

위해 밑줄을 긋거나 물건의 길이를 재고 싶을 때 쓰는 자, 특별한

걸 표현하고 싶을 때 쓰는 파랑 색연필, 빨강 색연필, 초록 색연필

까지 다 들어 있었어. 이 근사한 도구들은 각자 정해진 주머니에

잘 꽂혀 있었고, 또 필통을 닫을 때면 딸깍하는 소리가 났어. 이

모든 게 푸를 위해 준비된 거란다.

　"오!"

　푸가 감탄해서 외쳤어.

　"오, 푸!"

다들 감탄해서 외쳤어. 이요르만 빼고.

"정말 고마워."

푸가 감동하며 말했어.

한편 이요르는 혼자 중얼거렸어.

"필기도구니 뭐니, 연필이나 뭐 그런 거 말이야. 과대평가되고 있다고 봐, 나는. 시시하고 쓸데없어."

얼마 뒤 다들 "잘 가!", "고마웠어!" 하고 크리스토퍼 로빈에게 인사하며 집으로 돌아갔어. 황금빛 저녁노을로 물든 하늘 아래 푸와 피글렛은 각자 깊은 생각에 잠긴 채 집으로 가는 길을 같이 걸었지. 한참 동안 둘은 말없이 계속 걸었어.

"푸, 너는 아침에 눈 뜨면 무슨 생각을 제일 먼저 해?"

조용히 걷던 도중 마침내 피글렛이 말을 걸었어.

"'아침 뭐 먹지?' 하는 생각. 피글렛 너는?"

푸가 말했어.

"'오늘은 또 무슨 신나는 일이 일어날까?' 하는 생각."

피글렛이 말했어.

푸는 곰곰이 뭔가를 생각하며 고개를 끄덕이더니 말했어.

"둘이 똑같은 거다, 그치?"

***

"또 무슨 일이 일어났어요?"

크리스토퍼 로빈이 물었습니다.

"언제?"

"다음 날 아침에요."

"그건 모르겠어."

"생각해보고 나중에 저랑 푸한테 이야기 들려주실 수 있어요?"

"네가 그렇게 듣고 싶다면."

"푸가 듣고 싶대요."

크리스토퍼 로빈은 한숨을 푹 쉬더니 곰 인형의 다리를 잡고

문을 향해 걸어갔습니다. 오늘도 위니 더 푸는 바닥에 질질 끌려 가고 있네요. 문 앞까지 간 크리스토퍼 로빈은 나를 뒤돌아보며 "저 목욕할 건데 보러 오실래요?" 하고 말했습니다.

"그럴게."

"푸의 필통이 제 필통보다 멋졌을까요?"

"똑같은 필통이란다."

크리스토퍼 로빈은 고개를 끄덕이더니 문을 열고 나갔습니다. 잠시 뒤, 위니 더 푸가 쿵, 쿵, 쿵 하면서 계단 위로 올라가는 소리 가 들렸습니다.

THE END

WINNIE - THE - POOH

곰돌이 푸

1판 1쇄 인쇄	2022년 7월 5일
1판 3쇄 발행	2022년 9월 9일

—

글	앨런 알렉산더 밀른
그림	어니스트 하워드 쉐퍼드
옮김	박성혜

—

펴낸이	김봉기
출판총괄	임형준
편집	안진숙, 김민정
교정교열	김민정
디자인	호우인
마케팅	김보희, 선민영, 최은지, 정상원, 이정훈

—

펴낸곳	FIKA[피카]
주소	서울시 서초구 서초대로 77길 55, 9층
전화	02-3476-6656
팩스	02-6203-0551
홈페이지	https://fikabook.io
이메일	book@fikabook.io
등록	2018년 7월 6일(제2018-000216호)

—

ISBN	979-11-90299-63-3 03840

피카 출판사는 독자 여러분의 아이디어와 원고 투고를 기다리고 있습니다.
책으로 펴내고 싶은 아이디어나 원고가 있으신 분은 이메일 book@fikabook.io로 보내주세요.